U0097381

古典詩歌研究彙刊

第五輯

龔鵬程 主編

第 10 冊

王維詩歌抒情藝術研究

朱 我 芯 著

國家圖書館出版品預行編目資料

王維詩歌抒情藝術研究／朱我芯 著 — 初版 — 台北縣永和市：
花木蘭文化出版社，2009〔民98〕

目 2+158 面：17×24 公分（古典詩歌研究彙刊 第五輯：第 10 冊）

ISBN　978-986-6528-59-0（精裝）
1.（唐）王維　2.唐詩　3.抒情詩　4.詩評

851.4415　　　　　　　　　　　　　　　　　98000876

ISBN - 978-986-6528-59-0

9 789866 528590

古典詩歌研究彙刊
第五輯　第 十 冊　　　　　　　ISBN：978-986-6528-59-0

王維詩歌抒情藝術研究

作　　　者　朱我芯
主　　　編　龔鵬程
總 編 輯　杜潔祥
出　　　版　花木蘭文化出版社
發 行 所　花木蘭文化出版社
發 行 人　高小娟
聯 絡 地 址　台北縣永和市中正路五九五號七樓之三
　　　　　　電話：02-2923-1455／傳眞：02-2923-1452
網　　　址　http://www.huamulan.tw 信箱 sut81518@ms59.hinet.net
印　　　刷　普羅文化出版廣告事業
初　　　版　2009 年 3 月
定　　　價　第五輯 20 冊（精裝）新台幣 28,000 元
版權所有‧請勿翻印

王維詩歌抒情藝術研究

朱我芯　著

作者簡介

朱我芯，福建省惠安縣人。東海大學中國文學系博士，現任國立台灣師範大學國際華語與文化學系副教授，曾任北京大學中國文學系訪問學者、美國惠特曼大學（Whitman College）外語系中文組專任教師、僑光技術學院應用華語文系副教授。研究專業為中國詩學、對外華語之古典文學教學、第二語言與文化教學。著有《詩歌諷諭傳統與唐代新樂府研究》、〈對外漢語之古典詩歌多媒體教學設計〉、〈幽默小劇輔助詞義教學〉、〈論謝靈運山水詩有別於抒情傳統的情景關係〉、〈彈詞小說《天雨花》的女性書寫特徵〉、〈郭茂倩《樂府詩集》關於唐樂府分類之商榷〉、〈中國敘事詩早期發展的限制〉等。

提　　要

　　中國詩歌以抒情為傳統主流，欲明中國詩歌的特質，便須深入探究抒情詩的含蓄風格與委婉手法，而王維詩可謂極具代表性的中國抒情詩作，因此，本文藉由王維詩歌抒情手法的分析，以彰顯王維詩歌的創作內涵，並勾勒其所呈現之藝術境界。

　　本文之王維詩研究，以清人趙殿成《王右丞集箋注》及韓維鈞《王維現存詩歌質疑》所考訂增刪而成的三百七十一首王維詩為依據。全文共分為五章：第一章，「緒論」，說明中國詩歌以抒情為主流，因而風格以委婉含蓄，曲折不露為貴，而王維詩則是此抒情風格的典型，本文因而以之為研究對象。第二章，「王維詩歌之抒情主題」，從王維的性情與際遇，探討其詩之抒情主題，主要可分為人生態度、田園山居、山水畫意、饒富禪趣、關懷社會等類型。第三章，「王維詩歌之抒情題材」，分析王維抒情詩中的題材安排及其象徵喻意，其中以自然景物、隱逸典故、禪語佛理、社會現象等類的題材最具特色。第四章，「王維詩歌之抒情手法」，分析王維詩中的表現手法及其抒情效果，較為特出者為其詩豐富之音樂性，以及譬喻、烘托、對比、設問、倒裝等多樣化修辭手法的精心運用。第五章，結論，總結王維抒情詩在主題選擇、題材安排、手法運用等三方面的整體組合情形，及其所達到的抒情效果與藝術境界。

　　王維抒情詩的風格含蓄雅緻，意境空靈淡遠，藉由其抒情主題、題材、手法之研究，可明中國詩歌抒情傳統自《詩經》、《楚辭》以來之發展脈絡，以及抒情風格的典型特徵。

目

次

第一章 緒 論

第一節 中國詩歌以抒情爲傳統主流

　　就詩的種類而言，西方詩歌自始即朝敘事史詩、戲劇體詩、抒情詩等三方面均衡發展；〔註1〕中國詩歌卻明顯以抒情短篇爲主流，〔註2〕不論是創作觀或鑑賞觀，皆突顯了詩歌的抒情性。

　　先秦時期的詩歌傑作《詩經》與《楚辭》，皆符合「抒情詩」以發抒內心思想與感情爲旨的要義。〔註3〕《詩經》吟唱著周代人民日

〔註1〕西洋文學始於希臘文學，從西元前約 1000 年，至西元 476 年西羅馬帝國滅亡爲止的這段希臘文學期間，除了傑出的荷馬史詩外，悲、喜劇與抒情詩歌也都已有出色的作品出現，所以說西方詩歌一開始即朝這三方面並行發展。其中的史詩與戲劇體詩多以長篇型式表現，抒情詩則多爲短篇。說法參見劉啓分：《西洋文學概論》第一章（台南：開山書店，1978 年版）。（按：本文引文的文獻出處，僅於第一次引用時詳載其出版社及出版年月，其後則從略。）

〔註2〕參見陳世驤著、楊銘塗譯：〈中國的抒情傳統〉（《陳世驤文存》，臺北：志文出版社，1972 年版，第 31～37 頁）、周策縱：〈詩詞的「當下」美——論中國詩歌的抒情主流和自然境界〉（中國古典文學研究會：《古典文學》，第 7 集，臺北：學生書局，1980 年版，第 683 至 727 頁）、德邦（Debon Gunthet）：〈有關漢詩面貌及結構的幾點觀察〉（中華民國第二屆國際比較文學會議論文，中外文學編輯部：《中國古典文學論叢》，第 1 冊，臺北：中外文學月刊社，1985 年版，第 187 至 200 頁）等文所論。

〔註3〕陳世驤：〈中國的抒情傳統〉中說：「以字的音樂性做組織，和內心

常的喜怒哀樂；《楚辭》則以祭祀歌、頌讚詩、悲歡詩、悼亡詩等各式各樣的抒情詩歌，映現了屈原個人的忠怨悲情，即使是滿載神話的長篇〈離騷〉，也是將情志深植於巨幅敘述架構的抒情詩，而非史詩或戲劇詩。〔註4〕《詩經》與《楚辭》開啓了以抒情爲主流的詩歌傳統，〔註5〕其後兩漢的文人詩，延續了這種傾向，至魏晉南北朝，詩歌抒情的色彩更爲鮮明，並成爲此後歷代縣延的傳統，甚至在元明清敘事的戲劇或小說中，爲增加故事情節的飄逸氣氛，或爲淋漓抒發人物的情志，抒情詩仍隨處可見。〔註6〕反觀西方，希臘悲劇中撫弦和歌的合唱歌詞並未佔重要地位，〔註7〕史詩中含抒情成分的頌詞或警語僅是片斷零星，後期小說中的詩體抒情也不過偶爾可見，遠不如中國文學傳統中抒情詩所佔的分量及深遠的影響力。

　　另就批評理論的角度來看，早期有關詩的定義及記載，即已點出了抒情的特性。《尚書・堯典》云：「詩言志，歌永言。」〔註8〕意指詩歌是爲抒發情志而發的歌詠。《禮記・孔子閒居篇》也引孔子語云：

自白做意旨，是抒情詩的兩大要素。」（《陳世驤文存》，臺北：志文出版社，1970年版，第32頁）

〔註4〕參見高友工著、方蕪譯：〈中國敘述傳統中的抒情境界〉，收入侯健編：《國外學者看中國文學》（臺北：中央文物供應社，1982年版），第164頁。

〔註5〕朱自清：〈詩言志說〉認爲，中國詩歌的抒情特質受《楚辭》的影響大於受《詩經》的影響。其論參見清華大學中國文學會主編：《語言與文學》（上海：中華書局，1937年版），第30頁。

〔註6〕抒情詩在古典小說戲曲中，或被用作組織骨幹、或作題詠插曲、或作頭尾起結、或作段落贊詞，運用極廣。其論參見張敬〈詩詞在中國古典小說戲曲中的應用〉，（《中國古典文學論叢》，臺北：中外文學出版社，1976年版），第1冊，第29頁。

〔註7〕「抒情詩」（Lyric）一詞源於希臘文的「豎琴」（Lyre），因爲抒情詩在古西臘是「和七絃琴而歌唱」的詩，其重心在表現一位歌唱者的情感，或表達一群人情緒的「合唱」詩，與專供朗誦的敘事詩、棋笛伴奏的哀歌有別。

〔註8〕漢・孔安國傳，唐・孔穎達等正義：《尚書・虞書・舜典》，《十三經注疏》本（清・阮元校勘，用文選樓藏本校定，臺北：藝文印書館，1955年版），第3卷，第46頁。

「志之所之，詩亦至焉。」〔註9〕意思是情志的感發便是詩歌創作的泉源。〈詩大序〉所言更總結了詩歌與內心情思的關係：

> 詩者，志之所之也。在心爲志，發言爲詩。情動於中而形於言。〔註10〕

「詩」字古作「詘」，〔註11〕《說文解字》解釋說：「詩，志也。」認爲「詩」字本身即含「言志」的意義，而「志」又由音符「之」與意符「心」所構成，意爲「心之所之」，既言志向，亦指情感，總之是以詩人主觀的自我爲出發點來寫詩。〔註12〕即此而言，「詩言志」的原始觀念，從意涵上便已指出了中國詩歌的抒情特質，陳世驤〈原「興」：兼論中國文學特質〉說，「詩」這個字，「從本源、性格和含蘊上看來都是『抒情的』。」〔註13〕

　　上述文獻有關詩以抒情言志的闡釋，深遠地影響了歷代的詩論傳統，晉代陸機〈文賦〉云：「詩緣情而綺靡」，〔註14〕明言詩歌須出自眞情至性才能精彩動人。南朝梁劉勰《文心雕龍·情采篇》也說：

〔註 9〕漢·鄭玄注，唐·賈公彥疏：《禮記注疏·孔子閒居》，《十三經注疏》本，第 51 卷，第 860 頁。

〔註10〕漢·毛公傳，鄭玄箋，唐·孔穎達等正義：《毛詩正義·國風·周南》，《十三經注疏》本、第 1 卷、第 17 頁。

〔註11〕由「詩」字古義探源中國詩歌的本質，最早是陳世驤於民國 48 年所寫《中國詩字之原始觀念試論》，他引述清代王筠《說文解字句讀》之說，認爲「詩」字本作「詘」（從㞢得聲）㞢代表足之動又停、停又動，正是原始構成節奏的最自然行爲。（見《陳世驤文存》第 59 頁）周策縱在《詩詞的「當下」美——論中國詩歌的抒情主流和自然境界》一文中，認爲詩字的足跡符號——「㞢」表示指向，又認爲詩亦寫作「時」，時有射中義，因而「詩」原始有「迅速的運動，及有目標的指向」這兩個意義。

〔註12〕劉若愚：《中國詩學》中篇「中國的傳統詩觀」認爲，對於道德主義者而言，「心之所之」是指意志、志向或理想；對於個人主義者，「心之所之」相當於情懷或情感。（臺北：幼獅文化公司，1979 年版，第 115 頁）

〔註13〕《陳世驤文存》（臺北：志文出版社，1970 年版），第 235 頁。

〔註14〕南朝梁·蕭統編，唐·李善注：《文選》（臺北：文津出版社，1987 年版），第 17 卷，第 766 頁。

> 昔詩人什篇，爲情而造文；……〈風〉、〈雅〉之興，志思
> 蓄憤，而吟詠情性，以諷其上，此爲情而造文也。……爲
> 情者要約而寫眞……。〔註15〕

劉勰讚揚《詩經》以來緣情作詩的優良傳統，認爲凡是爲抒發情感而寫的詩篇，多文辭精練，感情眞切。清人吳枚更主張詩人當表現個人獨具的情靈情感：

> 詩者，人之性情也。近取諸身而足矣。
> 最愛周櫟園之論詩曰：「詩以言我之情也，故我欲爲則爲
> 之，我不欲爲則不爲。」〔註16〕

其意以爲，詩歌所詠皆出自一己之情，詩人爲「言我之情」而創作。清人吳喬所謂「詩以情爲主」，〔註17〕亦同此論。這些歷代詩話皆以情志的書寫爲詩歌的主要創作動機與目的，即此可見中國詩歌突出的抒情性。

中國詩歌以抒情爲主流，但也不是沒有精彩的敘事詩，如漢樂府〈陌上桑〉、〈東門行〉、〈婦病行〉、〈孤兒行〉、漢古詩〈上山採蘼蕪〉、〈十五從軍征〉、唐代杜甫〈三吏三別〉、〈哀王孫〉、白居易〈長恨歌〉、〈賣炭翁〉等等。然而，敘事詩在歷代詩歌總數中所佔比例極少，而且，這些爲數不多的敘事詩往往雜揉著抒情成份，透露了深受抒情主流影響的訊息。如漢樂府敘事長篇〈孔雀東南飛〉，以第三人稱視角敘述焦仲卿與劉蘭芝的婚姻悲劇，然詩末兩句：「多謝後世人，戒之愼勿忘」，卻流露了詩人主觀的情感，可知其通篇的敘事是爲感慨抒懷而設，敘事的目的仍在抒情。又如東漢蔡琰〈悲憤詩〉，以第一人稱視角自敘遭禍被擄十二年間流離轉徒的生活，敘事中穿插了許多悲傷苦痛的喟嘆，如「彼蒼者何辜，乃遭此厄禍」、「觀者皆歔欷，行路

〔註15〕南朝宋・劉勰撰，羅立乾注譯：《新譯文心雕龍・情采》（臺北：三民書局，1996 年版），第 31 卷，第 503 頁。

〔註16〕清・袁枚：《箋註隨園詩話》，《補遺》（臺北：鼎文出版社，1974年版，第 1 卷，第 679 頁；第 3 卷，第 103 頁。

〔註17〕清・吳喬：《圍爐詩話》（臺北：廣文書局，1969 年版），第 1 卷，第 24 頁。

亦嗚咽」、「人生幾何時，懷憂終年歲」等等，使全詩抒情的意味濃厚。
再如唐代白居易〈長恨歌〉，鋪敘唐明皇與楊貴妃的深摯戀情與生離
死別的憾恨，全篇貫穿了濃烈的抒情，特別是描寫唐明皇回宮後睹物
思人，蒼涼傷感的一段：「歸來池苑皆依舊，太液芙蓉未央柳。芙蓉
如面柳如眉，對此如何不淚垂。春風桃李花開夜，秋雨梧桐葉落時。
西宮南苑多秋草，宮葉滿階紅不掃。梨園弟子白髮新，椒房阿監青娥
老。夕殿螢飛思悄然，孤燈挑盡未成眠。遲遲鐘鼓初長夜，耿耿星河
欲曙天。鴛鴦瓦冷霜華重，翡翠衾寒誰與共。」唐明皇重回舊地，景
物依然而玉顏殞沒，不禁淚出痛腸。此段以景寫情，寓情於景，是中
國詩歌抒情的典型手法，白居易於全篇的敘事架構中穿插此長段吟
誦，爲敘事詩摻入了濃厚的抒情氣息。

　　如上所析，敘事詩在歷代詩歌中所佔比例極低，又伴隨著鮮明的
抒情性，正旁證了中國詩歌的抒情本色。

　　瑞士學者司泰格（Emil Staiger）曾總結抒情詩的標準如下，恰與
中國文字與詩歌的特性頗多吻合：〔註18〕

　　一、字義與音節多能相應的語文，適於抒情詩發展 —— 漢語正
　　　　是音義相切的語文。

　　二、抒情詩中的物我關係多遊不定 —— 中國詩多由主觀自我發
　　　　聲，處處有自我，自我一詞也就不須要了，因此人稱主辭常
　　　　予省略，使詩歌呈現亦物亦我的多元意涵及物我合一的有情
　　　　境界，此即物我關係遊移不定的表徵。

　　三、抒情詩的動詞多爲現在式 —— 中國詩歌亦常以「當下」的
　　　　時間性來表現，雖然詩中所述實已事過境遷。〔註19〕

〔註18〕有關司泰格的抒情詩標準，引見德邦：〈有關漢詩面貌與結構的幾點
　　　　觀察〉，見《中國古典文學論叢》（臺北：中外文學月刊社，1985年
　　　　版），第1冊，第199頁。

〔註19〕參見周策縱：〈詩詞的「當下」美 —— 論中國詩歌的抒情主流和自
　　　　然境界〉，《古典文學》（臺北：學生書局，1980年版），第7集，第
　　　　707頁。

四、抒情詩力求簡短精鍊——中國詩多爲短篇，較少長篇。

經由上述對照，可見中國文字與詩歌的整體特性，高度符合司泰格所彙整的抒情詩標準

以上從中國詩歌發展、詩歌論述，和整體文字與詩歌特性等方面，歸結了中國詩歌鮮明的抒情性。然而，中國詩歌的發展何以形成抒情詩一枝獨秀的局面？敘事詩爲何相對微弱？探究其原因，約與如下諸項因素的共同作用有關：

一、保守內向的民族性

不同的民族性造就不同的文學風格。漢民族務實而保守，心理原型偏於內向；西方民族則偏於外向而富於想像。內向者好靜，文藝的表現多重主觀的主體內省，因此抒情詩較發達；外向者好動，表現於文藝較重客觀，長於客體世界的模仿，因此，須要以較爲客觀的態度寫作的史詩、敘事詩、戲劇詩較爲發達。

保守內向的民族性，使中國民族務實而重主體性，因此詩歌發展以表現自我內在眞情至性的抒情詩爲主，而較不利於客觀玄想的敘事詩發展。〔註20〕

二、古代神話不發達

史詩多以神話爲材料基礎，而神話則來自民族發展的初期。古代中國民族因北方單調的地理環境，以及質樸規律的生活方式影響，民族性趨向腳踏實地而較少幻想，再加上「子不語怪力亂神」的儒家思想薰陶，所以神話的基礎薄弱，史詩因而難以發展。

待到六朝神仙鬼怪故事漸趨豐富，出現了有利於長篇敘事詩發展的條件時，又因爲前無史詩可爲藍本，文人遂多選擇當時已略具雛形的神怪傳奇體進行寫作，於是促進了傳奇小說的發展，而敘事詩則錯

〔註20〕有關民族性對文學風格的影響，參見朱光潛：〈長篇詩在中國何以不發達〉，《詩論新編》（臺北：洪範書店，1982）。

過了與神怪故事結合發展的機會。

三、缺乏挑戰命運的思想

　　史詩、戲劇的產生與命運之說關係密切，西方人崇拜諸神世界及英雄的豐功偉績，因此效法向人生之外、命運之上追求，勇於挑戰。這些內容造就了西方早期的史詩、悲劇，也成為西方敘事詩的起源。而中國人在儒、釋、道等思想影響下，對命運的看法雖不一，卻可以大概的說，都認為命運是一種自然的安排或規律，無以抗爭，因此常謂：「盡人事，聽天命」、「謀事在人，成事在天」、「生死有命，富貴在天」等語。如此欠缺向命運挑戰的思維，較不利於敘事史詩或戲劇詩的發展，而長於內在心性世界的探索。〔註21〕

　　關於哲學思想影響史詩的發展，劉若愚《中國詩學》認為：

　　　關於中國詩中缺乏史詩，或者至少英雄史詩的另一個附帶的理由是中國讀書人對於崇拜個人勇猛與肉體武力的貶斥。正如墨利斯、鮑拉爵士（Sir Maurice Bowra, 1898～1971 英國文學批評家……）所指出的，對中國文明有持久影響的偉大的思潮，是反對不受拘束的個人主義和自我主張的英雄精神的。然而，在中國並非沒有英雄的傳統。……英雄傳統似乎被保存在一般民間，因此反映在通俗文學中，可是由於不受正統思想的歡迎而被排除於高雅文學之外。〔註22〕

中國的傳統思想講究含蓄內蘊，反對爭權奪利，不鼓勵英雄主義，因此不曾興起以英雄為主軸的史詩風潮。朱光潛也認為中國代表性的儒、道思想平易而欠深廣，且偏重探索人事，即使如道家雖渴求另一世界，但對於另一世界的想像卻很模糊，影響所及，中國詩亦欠深廣

〔註21〕參見德邦：〈有關漢詩面貌及結構的的幾點觀察〉，《中國古典文學論叢》第一冊「詩歌之部」（臺北：中外文學，1985 年版），及張淑香：〈抒情傳統的本體意識〉，《抒情傳統的省思與探索》（臺北：大安出版社，1992 年版）。

〔註22〕劉若愚原著，杜國清中譯：《中國詩學》（臺北：幼獅文化，1977 年版），第 254 頁。

而難有超世的想像；而佛家對中國詩的影響又僅止於擴大情趣根底，非哲理根底，這些思想間接影響了英雄神話史詩的難以發展。〔註23〕

四、史官過早出現

專門記錄和編撰歷史的史官在中國起源很早，商朝即設置「史」官一職，在王左右掌管祭祀和記事，也稱爲「巫」，爲王以下權力最大的職官。西周時有太史、內史，長官稱尹；春秋時改爲外史、左史、南史等。〔註24〕史料既早有專人寫定，詩人也就沒有迫切的以詩記史的使命感。

除了史官的記錄之外，中國早期的史傳散文傑作可觀，也相當程度決定了史料在文學領域的表現方式，如〈春秋〉、〈左傳〉、〈史記〉等內容，在西方原爲史詩創作的好材料，在中國卻是以散文體成就了佳篇。劉琪〈司馬遷與巫史文化〉一文認爲，由孔子到司馬遷，呈現著由巫到史的轉變過程，孔子撰《春秋》爲巫史文化推出了講究倫理道德的「禮」的新時代；司馬遷則承繼其先祖爲周史官，及其父司馬談爲漢代太史令的淵源，以舊日巫史「究天人之際」的職份爲使命，並欲「通古今之變」，而撰著《史記》，有意接續孔子《春秋》以來因諸侯相兼而放絕了四百多年的史記工作，終而完成了中國史官由巫至史的過渡。〔註25〕西方詩壇由於早期史詩的突出表現，使敘事詩有了

〔註23〕以上參考朱光潛：〈中西詩在情趣上的比較〉，《詩論新編》，第96-105頁。

〔註24〕有關商周史官職稱及職掌，參見孫文良：《中國官制史》，臺北：文津出版社，1993年版；中華博物審編委員會：《中國歷代職官詞典》（http://www.gg-art.com/dictionary）。

〔註25〕有關中國早期由巫到史的史官型態轉變，參見劉琪〈司馬遷與巫史文化〉，《中國藝術報》，第403期，2003年4月26日（http://www.cflac.org.cn/chinaartnews/2003-12/26/content_1406142.htm）此外，「究天人之際，通古今之變」語出司馬遷〈報任安書〉，爲其修史的宗旨。又據《史記·太史公自序》，司馬談執司馬遷之手而泣曰：「余先周室之太史也，自上世嘗顯功名於虞夏，典天官事。後世中衰，絕於予乎？汝復爲太史，則續吾祖矣。……餘死，汝必爲太史；爲太

較好的發展基礎，中國詩歌發展的早期則欠缺了史詩的角色扮演，其後敘事詩亦難以興盛，終不足以與位居主流的抒情詩分庭抗禮。

五、「詩言志」觀念影響

「詩言志」一語，屢見於春秋典籍，如《尚書・堯典》載舜命夔典樂時曰：「詩言志，歌詠言」；《禮記》載孔子閒居云：「志之所之，詩亦至焉」；《左傳・襄公二十七年》趙文子告叔向曰：「（賦）詩以言志」；《莊子・天下》亦云：「詩以道志」，〔註26〕由此可知，詩爲言志而作是當時普遍的詩觀。

所謂「志」，在先秦時主要指政治上的理想抱負，但戰國中期以後「志」的涵義已較爲擴大，除了政治抱負的意義之外，也指人的思想感情。〔註27〕至於「詩言志」，可以〈詩大序〉之語爲釋：「詩者，志之所之也。在心爲志，發言爲詩。情動於中而形於言。」指出了詩歌創作與情志的必然關係。

先秦強調抒情言志的詩觀，深遠影響了中國的詩歌傳統，如明人李東陽《懷麓堂詩話》云：

> 詩有三義，賦只居一，而比興居其二。所謂比興者，皆托物寓情而爲之者也。蓋正言直述，則易於窮盡，而難於感

〔註26〕以上諸語分別見於漢・孔安國傳，唐穎孔穎達等正義：《尚書・虞書》，《十三經注疏》本，第 7 卷，第 46 頁（《尚書》約晚成於戰國時期，所言舜語未甚可信）；漢・鄭玄注，唐・賈公彥疏：《禮記・經解》，《十三經注疏》本，第 50 卷，第 845 頁；晉・杜預注，唐・孔穎達等正義：《春秋左傳正義・襄公二十七年》，第 38 卷，第 648 頁；戰國・莊子撰，清・郭慶藩輯：《莊子集釋・雜篇・天下》（北京：中華書局，1995 年版），第 10 卷，第 106 頁。

〔註27〕有關「志」的內涵考察，詳見張少康、劉三富撰：《中國文學理論批評發展史》（北京：北京大學出版社，1995 年版），第 23 頁。

發，唯有所寓托，形容模寫，反覆諷詠，以俟人之自得，
言有盡而意無窮，則神爽飛動，手舞足蹈而不自覺，此詩
所以貴情思而輕事實也。〔註28〕

其論詩以比興委婉的抒情爲貴，而以直言其事的敘事爲窮，反映了中
國詩人典型的創作與鑑賞觀。明人楊慎《升庵詩話》也說：「直陳時
事，類於訕訐，乃其下乘。」〔註29〕凡此皆可見先秦時期「詩言志」
的概念對中國詩歌形成抒情傳統的影響。

六、四言詩不便敘事

中國早期詩歌的語言形式以四言爲主，直到漢代才由新興的五言
詩領其風騷。〔註30〕四言句式主要是由兩個雙字詞組組成，不似五言
或七言的結構是在兩個或三個雙字詞組之外，猶有一個單字的空間可
靈活安置動詞、形容詞、副詞或名詞等於句首、句中或句尾，因此，
奇數字的句式相較於偶數字的句式，較便於詩歌的敘事鋪展，其理有
如人體肢幹多了一個關節，得以更爲靈便的運作。趙敏俐《兩漢詩歌
研究》詳析四言到五言的詩歌語言形式轉變：

隨著人類生活日益豐富，人類思維水準的不斷提高，人類
也要不斷提高詩歌語言的表達能力。它通過兩個途徑來實
現，其一是修辭鍊句，其二是增加語言字數。……在表達
思想內容的容量上，四言終究比不上五言。所以，在《詩
經》中「青青者莪，在彼中河」（《小雅·青青者莪》）兩句

〔註28〕明·李東陽：《懷麓堂詩話》，《景印文淵閣四庫全書》（清·紀昀等
總纂，1482年版），第421集。

〔註29〕明·楊慎：《升庵詩話》，《百部叢書集成》（藝文印書館編，1971年
版），第7函，第37冊。

〔註30〕《詩經》的四言體式與先民勞動時的吆喝節拍有關，楊公驥〈《詩
經》、《楚辭》對後世文學形式的影響〉文中說：「打樁動作是一舉一
落，伐木動作是一斫一揚，拉鋸動作是一進一退。……原始勞動詩
歌也必須配合由兩個行動合成的勞動動作，從而形成由兩個節拍合
成的四言詩句。如「伐木／丁丁，鳥鳴／嚶嚶」（《詩經、小雅、伐
木》)」（《東北師大學報》，1986年，第5期）

詩的意義，在漢詩僅用「青青河畔草」（〈古詩十九首・青青河畔草〉）一句詩就完全表達出來了；「薄言采芑，於彼新田」（〈小雅・采芑〉）兩句，在漢詩中也僅僅相當於「上山採蘼蕪」（〈古詩・上山採蘼蕪〉）一句詩的含義。相比之下，五言詩雖然比四言只增加了一個字，實際上等於增加了一個語義單位，這就為詩人在藝術創作中的修辭鍊字提供了更廣闊的天地。……隨著人類思想意識的複雜化，由簡潔到複雜的語言結構的變化，由五言而代替四言，乃是一種詩歌語言發展的趨勢。〔註31〕

其論認為，五言的奇式句較之四言的偶式句可容納較為豐富的語意，表達能力提高，較便於長篇鋪敘，方才提供了敘事詩發展的形式條件。對照中國敘事詩從東漢五言體確立後始大量出現，可知與詩歌語言形式的拓展與新變有絕對的關係。然而，中國詩歌發展的初期既以四言為主，較不便於敘事，抒情言志的傳統在五言詩興起的東漢以前即已形成，因此，儘管五言詩出現後出現了較多的敘事詩，但比例上仍難與抒情詩等量齊觀，也並未撼動已先奠基的抒情傳統。

關於中國詩歌的抒情本質與其形式有關的問題，呂正惠〈中國文學形式與抒情傳統〉一文也曾有其見解，他認為中國詩、詞、散文的正統文學形式都具有抒情本質，直到宋、元以後，文學的主導地位讓給了戲劇、小說等民俗文學，抒情傳統才漸走下坡。〔註32〕

此外，劉若愚也曾探討中國文字單音節的特性對於敘事詩發展的限制，他說：

中文裡缺乏史詩和悲劇的第一個理由，我想在於語言本身的特性……中文充滿單音節詞和雙音節複合詞，這些詞由於具有固定的音調和頓音的節奏，本身不適合於長篇的詩作。況且，同音詞的豐富也不利於很長的詩，因為作者很

〔註31〕趙敏俐：《兩漢詩歌研究》（臺北：文津出版社，1988 年版），第 201頁。

〔註32〕呂正惠：《抒情傳統與政治現實》（臺北：大安出版社，1989 年版），第 159 至 207 頁。

快就會用盡了可以用的韻。〔註33〕

他認爲，中國文字具有固定音調、頓音節奏，和同音詞豐富等特色，不利於長篇詩歌的鋪展。此或亦可視爲敘事詩未能發展的原因之一。

以上所論六點，大抵即爲中國詩歌多抒情而少敘事的原因，若各就單項而論，或許未必然形成影響，然而，當這些條件齊合並存，共同作用時，其所形成類似音聲「共振」的巨大影響便不容小覷。總而言之，就上述中國詩歌早期發展的整體條件而言，有利於抒情詩發展的條件遠大於敘事詩，抒情傳統於焉形成，而成爲中國詩歌的主流。

第二節　抒情詩貴曲忌直

中國詩歌以抒情爲主流，在表達方式上，則貴曲忌直，以意在言外爲美，明言道盡爲淺。

「言不盡意」之說，最早見於戰國末期的《周易‧繫辭‧上》，認爲言辭無法淋漓盡致地表達意念；《莊子‧天道》亦謂：「意之所隨者，不可以言傳也。」也說人的意念無法由言辭道盡。到了魏晉時期，「言意之辨」更成爲流行的學術思潮，王弼的「得意忘言」之論可爲代表，其《周易略例‧明象》分析道：

盡意莫若象，盡象莫若言。……得意在忘象，得象在忘言。

他首先肯定了「言→象→意」的追尋程序，認爲經由言辭方可探得物象，透過物象方可追求意念；但是他又強調「忘言→忘象→得意」的探索程序，意思是不執著於言辭，從言辭中超脫，才能得到言辭所形容的物象；其後，又不拘泥於物象，從物象中昇華，才能得到真正的旨趣深意。

王弼這種對於「忘言」、「得意」的追求，深遠影響了中國的文學與藝術思維。因此，文學有「言外之意」，音樂有「弦外之音」，繪畫也

〔註33〕劉若愚著，杜國清中譯：《中國詩學》（臺北：幼獅文化，1979年版），第253頁。

講究「畫意不畫形」（宋·歐陽修〈盤車圖〉詩）。而文學各體中，尤以詩歌最爲講究「言外之意」，此乃因中國古代詩歌多四、五、七言的短句，常見的律詩、絕句更是四句、八句的短篇，而短小的篇章往往被期待以短中見長，小中見大取勝（袁師行霈，1986），含蓄不盡遂成爲詩人的追求。如唐代元稹〈行宮〉：「寥落古行宮，宮花寂寞紅。白頭宮女在，閒坐說玄宗。」一詩，無盡的興亡之感全凝聚在「閒坐說玄宗」一句，簡短五字，輕淡素筆，便概括了大唐的動亂之起，盛衰之轉。又如韓翃〈寒食詩〉：「春城無處不飛花，寒食東風禦柳斜。日暮漢宮傳蠟燭，輕煙散入五侯家。」全詩旨在諷刺唐代宗時宦官擅權，卻只於末句見意，以東漢五侯的特權專享，暗喻唐代宗時的宦官太監專權。凡此皆爲曲折其意，委婉其情，以留讀者咀嚼深思的抒情佳作。

中國歷代詩評家亦普遍以含蓄蘊藉爲鑑賞準則，如宋人胡仔《苕溪漁隱叢話》曰：

> 意在言外，而幽怨之情自見，不待明言之也。詩貴乎如此，若使一覽而意盡，亦何足道哉。〔註34〕

他認爲詩歌若明言道盡，一覽無遺，則索然無味；若意在言外，半露半藏，則將吸引讀者熟讀玩味，深切體會。同此觀點亦見於宋代魏慶之《詩人玉屑》所引迂叟言：「古人爲詩，貴於意在言外，使人思而得之。」〔註35〕以及嚴羽《滄浪詩話》所言：「言有盡而意無窮」。〔註36〕

清人對於意在言外的詩論續有發揮，如吳喬《圍爐詩話》云：

> 詩貴有含蓄不盡之意，尤以不著意見、聲色、故事、議論者爲最上。義山刺楊妃事之「夜半宴歸官漏永，薛王沈醉壽王醒。」是也。〔註37〕

〔註34〕宋·胡仔《苕溪漁隱叢話》（臺北：商務印書館，1968年版），後集，第15卷。

〔註35〕宋·魏慶之：《詩人玉屑》（臺北：商務印書館，1972年版），第106頁。

〔註36〕宋·嚴羽：《滄浪詩話·詩辨》，清·何文煥輯：《歷代詩話》（臺北：漢京出版社，1983年版），下冊，第686頁。

〔註37〕清·吳喬：《圍爐詩話》，郭紹虞編：《清詩話續編》（上海：古籍出

他認為詩以含蓄不盡為貴，除了言不盡意之外，也不宜流露個人的主觀評論。施補華《峴傭說詩》也說：

> 詩猶文也，忌直貴曲。少陵「今夜鄜州月，閨中只獨看。」……
> 可謂無筆不曲。〔註38〕

其論藉由杜甫〈月夜〉一詩，分析了曲筆之妙，以說明直露為忌，曲折為貴的詩歌品評標準。

含蓄不露，意在言外的表現手法，固然可使詩歌的抒情效果因深蘊而雋永，因調動了讀者的咀嚼深思而益發剴切動人，然而卻也容易造成詩意的模糊隱晦，不易曉懂。如唐人金昌緒〈春怨〉：「打起黃鶯兒，莫教枝上啼。啼時驚妾夢，不得到遼西。」表面上是描寫趕走枝上黃鶯，莫使鶯啼援妾夢的一件小事，但深意卻隱寓於妾夢到遼西的逼切心情中，鶯啼何以如此逼切？詩人並未明言，然而細味末句「不得到遼西」之語，即知此詩乃以小見大，反映征戰頻仍所帶給天下無數征屬無時無刻不起顫慄的痛苦，若不能透析詩人的寫作手法，或不解其時代背景，則此詩不過是一樁閨中小事而已，領會便有欠深廣。又如駱賓王〈在獄詠蟬〉：「露重飛難盡，風多響亦沈」，虞世南〈蟬〉：「居高聲自遠，非是藉秋風」，及李商隱〈蟬〉：「本以高難飽，徒勞恨費聲」三首詠蟬詩，若不能洞見其借喻手法，便難瞭解駱賓王的患難心境、虞世南的清華品格，與李商隱的清貧高潔。

中國詩歌抒情婉曲，欲品味詩的精髓趣味，必需透析詩人的個性、思想、境遇、時代背景，以及所運用的手法等。其中，詩作手法的剖析尤其重要，因為詩人是透過藝術手法的巧妙織構，才得以營造含蓄隱約的抒情效果，因此吾人研讀詩歌須著意於藝術技巧的分析，才能深掘詩歌意涵，再現詩人情志。

版社，1983年版），上冊，第476頁。

〔註38〕清‧施補華：《峴傭說詩》，丁福保輯：《清詩話》（上海：古籍出版社，1963年版），下冊，第973頁。

第三節　抒情詩人的典型──王維

　　盛唐的王維，是自然詩派的代表，詩作中山水田園的景物描寫極爲豐富。清人王國維《人間詞話》說：「一切景語皆情語也」；清人吳喬《圍爐詩話》說：「景物無自生，惟情所化。」宋人范晞文《對牀夜語》也說：「景無情不發，情無景不生」，〔註40〕這些詩論都認爲，詩中情景乃交融並生，所有景語皆緣情而發，爲情而設，則王維詩中大量的景物描寫，皆其情所生發，皆蘊藉其情，王維因之可謂爲中國抒情詩人的典型。

　　再就現有的王維其人其詩的研究成果來看，也多指向王維足以爲中國抒情詩人的典型。茲將學界的研究論點撮要如下：

1. 詩人兼畫家：如張志嶽〈詩中有畫──試論王維詩的藝術特點〉認爲王維是畫意構思最爲熟練的古典詩人，能將山水景色與詩意渾然融合。〔註41〕傅東華《王維詩》導言中也說，王維將繪畫的本領用在詩中，能準確捉住自然美，使人讀其詩有如進入畫境一般。〔註42〕

2. 音樂素養甚高：如虞君質〈王維藝術的音樂性〉稱王維爲唐代音樂文化的化表者；〔註43〕郭伯恭《歌詠自然之兩人詩豪》也說王維對音律有很高的造詣。〔註44〕

3. 融合田園詩與山水詩：如方永耀〈讀「關於王維的山水詩」〉中說：王維繼陶淵明、謝靈運之後，將田園風光與自然景物相結合，便田園詩與山水合流。〔註45〕徐賢德《王維詩研究》

〔註40〕以上引文分別出自清・王國維：《人間詞話》（臺北：大夏出版社，1983年版），第35頁；清・吳喬：《圍爐詩話》，《清詩話續編》，上冊，第478頁；宋・范晞文：《對牀夜語》，《續歷代詩話》，上冊，第2卷，第417頁。

〔註41〕參見香港中國語文學社編：《唐詩研究論文集》，《王維詩研究專集》，第二集，上冊，1970年版，第55頁。

〔註42〕參見傅東華：《王維詩》（臺北：商務印書館，1981年版），第6頁。

〔註43〕參見《大學生活》，第四卷，第二期，1958年6月，第23頁。

〔註44〕參見郭伯恭：《歌詠自然之兩大詩豪》，第103頁。

〔註45〕參見《王維詩研究專集》，第75頁。

則說，王維得於陶淵明的是眞樸與韻致，得於謝靈運的是聲光與色貌。〔註46〕

4. 禪宗空靈意境：徐賢德《王維詩研究》指出，王維所以能與李白、杜甫鼎足而三稱「仙、聖、佛」，最重要是因爲他詩中深蘊的禪趣；〔註47〕黃敬欽〈王維的空靈與馬致遠的空無〉也說，王維由自然界平凡的山石花鳥中領會人生奧義，使詩歌透顯空靈的禪境。〔註48〕

5. 長於律絕：王維長於律絕短詩，短於古體長篇。如：朱淇〈玉壺冰心論摩詰〉曾說王維最擅長五、七絕小品；〔註49〕金億洙的〈王維研究——宗教、藝術與自然之融合〉也說王維的絕句盛唐無人能及。〔註50〕

綜觀以上的現有研究成果，可歸結出王維詩歌鮮明的抒情性：

1. 王維既爲山水畫家，與自然萬物互動勤敏，其詩中大量的景物敘寫與他畫中的山水一般，是心緒情志觸發的媒介與寄託的對象。〔註51〕

2. 六朝時只重景物舖敘而不帶個人情感的山水詩，到了盛唐因王維等詩人於歌詠山水景物之外更添注質樸眞情，而呈現嶄新的風貌。

3. 王維一些富有禪味的詩，將深奧的人生哲理寄寓於平凡的山

〔註46〕參見徐賢德：《王維詩研究》，中國文化學院碩士論文，1973 年，第 159 頁。

〔註47〕參見《王維詩研究》，第 160 頁。

〔註48〕參見《幼獅文藝》，第 47 卷，第 2 期，1978 年，第 158 頁。

〔註49〕參見《中國文藝》，第 153 號，1983 年 11 月，第 114 頁。

〔註50〕參見朱億洙：《王維研究——宗教、藝術與自然之融合》，中國文化大學博士論文，1985 年 6 月，第 189 頁。

〔註51〕蕭望卿《王維的畫與詩》說：「王維的詩寫山水，承受了陶淵明的影響，他的風景是他的心靈或意境的象徵，山水木石都染著他的情思的顏色，別有種神情風韻。」(《香港民主評論》，第 5 卷，第 17 期，1954 年，第 534 頁)

水花鳥中，正是抒情詩含蓄蘊藉，寓情於景的典型手法。

王維詩歌的本質與風格，皆體現了抒情詩的特性，可謂爲抒情詩人的代表，然而，歷來的王維詩研究，未曾專對其抒情藝術進行分析，本文因擬由此深入，探究王維詩歌的抒情手法及其所呈現的藝術境界，以期深切領悟詩意，與詩人的情思交會。同時，本文的分析架構亦可作爲詩歌抒情內涵與手法研究的參考。

第四節　研究範圍與研究架構

本文所採用的王維詩集版本，主要爲清人趙殿成注釋的《王右丞集箋注》，〔註52〕這是至目前爲止最能搜隱抉幽，且考核精當的王維詩注本。此外，也參考明顧起經注的《類箋王右丞全集》、〔註53〕宋劉辰翁評的《王右丞集》〔註54〕等版本。

《王右丞集箋注》第一卷至第十四卷，加上第十五卷外編，共錄有王維詩四百廿一首。〔註55〕但據韓維鈞《王維詩研究專集》的考據，這四百廿一首詩中，有五十一首（含外編四十一首）並非王維所作，因此，《王右丞集箋注》中的王維詩實際只有三百七十首；再加計《箋注》中未收，而韓維鈞考訂爲王維所作的〈闕題〉之二（《全唐詩》，第一二卷）一首，共計現存的王維詩有三百七十一首。

本文的研究方向，在於建立一個系統性的分析架構，架構的精神

〔註52〕本書爲《文淵閣四庫全書》，集部，第17，據清乾隆二年刻本影印，臺北：商務印書館，1976年版。

〔註53〕據明嘉靖三五年勾吳顧氏武陵家墅奇字齋刊本影印，臺北：學生書局出版，1970年版。

〔註54〕據元刻須溪校本影印，臺北：廣文書局，1960年版。此外，關於王維集的版本研究，劉維崇《王維評傳》（臺北：正中書局，1975年版，第160頁），及林桂香《詩佛王維之研究》（政治大學中文研究所碩士論文，1982年）第二章，均有詳細的考訂舉列。

〔註55〕除去集中雜錄他人之詩，以及第13卷下「近體詩七十三首」一句之「七十三」應作「五十四」之誤後，得詩421首。另劉辰翁及顧起經本皆錄371首，《全唐詩》第125至128卷則錄有王維詩382首。

主要以中國詩歌抒情寫志的傳統特性爲依據，而以還原詩人的創作過程爲目的。蓋凡詩人從靈感的觸發到作品的完成，其間通常經歷三階段的創作活動，依序分別是：主題的選擇，題材的運用，手法的配置。黑格爾《美學》說，一首抒情詩的構成是：

> 個別主體（即詩人）及其涉及的特殊情境和對象，以及主體在面臨這種（抒情詩的）內容時，如何把所引起的——他這一主體方面的情感和判斷，喜悅、驚羨和苦痛之類的內心活動認識清楚和表現出來的方式。〔註56〕

這段文字分析抒情詩的內涵及構成，主要便是將詩歌分爲：主題（「主體方面的情感和判斷，喜悅、驚羨和苦痛之類的內心活動」）、題材（「涉及的特殊情境和對象」），和表現技巧（「所表現的方式」）等三個部份。本文因此以主題、題材、表現手法等三大研究綱領，做爲對抒情詩特質的分析架構。

本文即以此詩人創作的三個階段做爲綱領，並依據王維詩歌實際呈現的抒情手法，發展出如下的研究架構：

一、主題的選擇	二、題材的運用	三、表現的技巧
1. 人生態度	1. 自然景物	1. 樂音動聽
2. 田園山居	2. 隱逸性題材	2. 譬喻多樣
3. 山水畫意	3. 佛家語	3. 烘托與對比
4. 饒富禪趣	4. 社會性題材及其他	4. 設問與倒裝
5. 關懷社會 〔註57〕		

本文擬以此研究架構分析王維詩歌，以期全面觀照王維詩歌的抒情意境，並深入解析其表現手法。

〔註56〕黑格爾撰，朱光潛譯：《美學》（臺北：里仁書局，1983年版，第四冊，第200頁。

〔註57〕由於王維詩歌內容的分類，前人（如顧起經《類箋王右丞全集》）已有相當的研究，因此，本文的「主題選擇」並不以詩歌的內容分類爲研究方向，而意在論析王維詩歌的抒情內容特色。

第二章　王維詩歌之抒情主題

第一節　人生態度

詩是詩人藉以抒發心靈情感的藝術，詩人在選擇詩作主題所表現的特色或傾向，往往與他的人生觀及價值觀密切相關。柯慶明〈試論王維詩中的世界〉一文說：

> 通常抒情詩的作者總比創作小家或者小說家更容易在作品中接近自己的生活世界。……這種表現在作品中想像世界與自身生活世界的接觸假如到達了一種相當大的程度，使我們很清楚地在作品中看到作者的生活，或者看到作者生活對作品內涵具有一種顯著的影響，那麼我們也不妨就此說：這是一位「自傳性」的寫作者。王維大致說來還得算是這樣的詩人。〔註1〕

柯慶明認為，像王維這樣的抒情詩人，可謂為「自傳性」的寫作者，其作品內容往往是作者現實生活境遇的反射。劉大杰《中國文學發展史》也說：

> 研究王維，必要注意他生活思想變化的過程，和他創作道路的重要聯繫。〔註2〕

〔註1〕柯慶明：〈試論王維詩中的世界〉，《中外文學》，第 6 卷，第 1 期，1977 年 6 月，第 76 頁。

〔註2〕劉大杰：《中國文學發展史》（臺北：華正書局校訂本，1982 年版），

王維生活、思想的變化對其創作內容既有關鍵性的影響，因此，本章在以下四節探討王維抒情詩的主題特色之前，擬先探索王維的本性及其不同階段際遇影響之下的生命態度變化，以明其詩歌主題特色的形成背景。

王維儘管與每一位敏感、不斷反省修正自己思想與行為的文學家一樣，有著不同時期的觀念轉變，但在性情上至少有兩項特質是始終如一的：一是喜愛山水；二是溫良敦厚。這兩項特質正是影響王維詩歌主題特色的關鍵，因此，在分期論析王維的人生態度之前，先就此兩點詳加說明。

王維以「山水田園」詩人之名著稱於中國文學史，但他對山水自然的喜好，並非晚年隱於輞川才開始。王維的幼年，在景色如畫的環境中長大。〔註3〕在尚未進入朝為官的青少年時期，王維即曾投向大自然懷抱，隱居山林，他在十八歲時（718）所作的〈哭祖六自虛〉詩中，回憶過去曾和祖六「南山俱隱逸，東洛類神仙」（趙殿成《王右丞集箋注》第十二卷，以下凡引用王維詩文均據此本，只標篇名，不注卷次），可知王維十八歲以前至少已經有過一次隱居經驗。開元九年（721），廿一歲的王維由上任未久的太樂丞一職貶為濟州司倉參軍，那段不得意而整裝待發的時日，他也十分盼望能回到山裡林間，其〈濟上四賢詠〉讚美辭官歸隱的崔錄事說：「解印歸田里，賢哉此丈夫。遯跡東山下，因家滄海隅。已聞能狎鳥，余欲共乘桴。」可知王維本性即愛好山水自然，也唯有草木花鳥能慰其創傷，鼓其勇氣。

王維不同於當時一些有意藉隱遁山林以求清名的文士，〔註4〕他

第 425 頁。

〔註3〕劉維崇：《王維評傳》說：「王維的原籍本是太原，後來他父親因為到汾州做官，認為晉南一帶，氣候風土很好，就徙家蒲。蒲州就是現在山西南部的永濟。……這裡形勢險要，西臨黃河、東倚太行，潼關在其南、龍門在其北。水流激湍，山峰俊秀，景色宜人，真所謂江山如畫。」（臺北：正中書局，1975年版，第1頁）

〔註4〕唐人藉隱逸為獵官捷徑的風氣很盛，如盧藏用為左拾遺，吳筠為待

對山水的喜愛純然是本性的流露，因此即使仕途得意以後，仍可在他的宦遊或生活即興作品中，見到大量的山水景物描寫，如：「高城眺落日，極浦映蒼山。」（〈登河北城樓作〉）、「瓊峰當戶拆，金澗透林鳴。」（〈遊感化寺〉）尤其〈曉行巴峽〉中「賴諳水水趣，稍解別離情」二句，更可見其對山水的倚賴之深。王維眞心嚮往山林生活，他不僅樂與魚鳥花木爲侶，也甘於靜觀雲霞水石，舉凡大自然的一切，無不是他悲歡與共的知己好友。其詩〈戲題盤石〉云：

> 可憐盤石臨泉水，復有垂揚拂酒杯。若道春風不解意，何
> 因吹送落花來？

寫泉水邊可愛的盤石，承接春風似有意而吹來的落花。王維戲將盤石與春風寫成含情互動的雙方，若非對大自然由衷熱愛並細膩觀察，如何能賦予尋常景物如此微妙心思？

王維對自然景物的關愛若此，對親友、百姓和國家，更見其秉性溫厚，即如趙殿成《王右丞集箋注》序文云：「（王維）其詩之溫柔敦厚，獨有得於詩人性情之美，惜前人未有發明之者。」王維作品流露的溫暖特質，實即其本性厚道所致。

王維早期積極仕進，而他的政治理想便是「動爲蒼生謀」（〈獻始與公〉），儘管後期他對政壇因灰心而不復初期熱衷，加上宗教的影響，使他晚年的心境與生活都已漸疏世網，但在〈請廻前任司職田粟施貧人粥狀〉（唐肅宗乾元二年，759 年，王維五十九歲作）及〈時下起赦書表〉（乾元三年，760 年作）中，仍能見到他對人民的關懷：

> 臣比見道路之上，凍餒之人，朝尚呻吟，暮塡溝壑。……
> 望將一司職田，廻與施粥之所，於國家不減數粒，在窮窘
> 或得再生。（〈請廻前任司職田粟施貧人粥狀〉）
>
> 好生之德，洽于人心……下除冗食，贍餬口之人……藏彼
> 無歸之骨，歲取畝收，本乎盡徹之稅，巨猾止於一惡，貧
> 人免於十夫。（〈門下起赦書表〉）

詔翰林等，即爲由隱逸入仕之例。

王維對於百姓的飢寒感同深受，甚至以「朝尙呻吟，暮塡溝壑」的生動實錄，呼喚朝廷垂憐天下的急迫性，王維認爲只消調撥冗食以濟生民，國家稅收並不因此減損，但窮窘者卻可得再生。其關愛蒼生弱者的大愛若此。至於國家君主，王維也表現忠君愛國的思想。其詩云：

> 盡繫名王頸，歸來報天子。（〈從軍行〉）

> 誓辭甲第金門裡，身作長城玉塞中。（〈燕支行〉）

> 忘身辭鳳闕，報國取龍庭。（〈送趙都督赴代州得青字〉）

這些捨身報國的詩句，均可見其年少英勇的愛國思想。

對友人的情義深重，則顯見於他數量豐富的送別詩（共六十四首之多）中。如送別祖詠時，他泣淚寫下：

> 送君南浦淚如絲，君向東州使我悲。爲報故人顦顇盡，如
> 今不似洛陽時。（〈送別〉）

朋友遭貶時，他送道：

> 長沙不久留才子，賈誼何須弔屈平。（〈送楊少府貶彬州〉）

在這些洋溢著離情別緒的詩篇中，王維的眞摯別愁與誠懇祝福，總令人不禁動容。

王維的溫良，於親情中亦表露無遺，《舊唐書・本傳》言其事母至孝：

> 事母崔氏以孝聞，……與弟縉……閨門友悌，多士推
> 之。……居母喪，柴毀骨立，殆不勝喪。

就連輞川別墅（即《舊唐書》所謂「得宋之問藍田別墅在輞口」），也是王維爲使母親能於幽靜山中奉佛習禪而經營的；他曾在〈請施莊爲寺表〉中說：

> 臣亡母故博陵縣君崔氏……，褐衣蔬食，持戒安禪。樂住
> 山林，志求寂靜。臣遂於藍田縣營山居一所。

王維與大弟縉﹝註5﹞兄弟情深，除了《新、舊唐書》中的記載外，王

﹝註5﹞據《新唐書、表第十二、宰相世系二、王縉條》，王維共有弟四人，依序爲：王縉、王繟、王紘、王紞。

維的〈責躬薦弟表〉更令人感受深刻：

　　伏乞盡削臣官，放歸田裡。賜弟散職，令在朝廷。

如此胸懷，實爲常人所難及。另如其名篇：「獨在異鄉爲異客，每逢佳節倍思親。遙知兄弟登高處，遍插茱萸少一人。」（〈九月九日憶山東兄弟〉）更是流露手足深情的經典之作。

　　除了性喜山水並溫良敦厚的基本性情外，王維人生觀的因際遇變改，也是其詩作主題特色形成的重要背景因素。爲明王維人生態度的轉變歷程，以下即依據對王維有關鍵性影響的政治事件，將王維一生分爲胸懷大志、初萌隱意，與愧疚奉佛等三個時期分述如下。〔註6〕

一、胸懷大志（唐武后長安元年，至唐玄宗開元廿四年張九齡罷相；701～785；王維卅五歲以前）

　　王維生於唐武后長安元年（701），據《新唐書・宰相世系表》王縉條，知王維祖父冑，爲協律郎；父處廉，曾任汾州司馬。王維雖出身河東王氏大族，但父親官職不大且早喪，家境並不富裕。

　　王維幼年熟讀儒家聖賢書，稍長後奉行忠孝仁愛，經世濟民等精神，尤其遵行孝道，他在唐肅宗乾元二年，他爲相國王嶼宅第中所生紫芝、木瓜作讚時，亦對孝行備極推崇：

　　孝悌之至，通於神明。天爲之降和，地爲之嘉植。（爲相國王公紫芝木瓜讚序））

王維認爲王嶼能孝敬雙親，所以有此祥瑞。除重孝道之外，前所曾論

〔註 6〕 以下所述王維生平，除依據顧起經：《王右丞年譜》（見《類箋王右丞全集》）、趙殿成：《右丞年譜》（見《王右丞集箋注》）、莊申：《王維年表》（見《王維研究》附錄三，香港：萬有書局，1971 年版）及劉維崇《王維評傳》第一章生平部分外，並參考陳貽焮：〈王維生平事蹟初探〉所附〈王維簡要年表〉（《文學遺產增刊》，第 6 輯）、〈王維的政治生活和他的思想〉（《文學遺產選集》，第 2 輯），以及盧懷萱〈王維的隱居與出仕〉（《文學遺產增刊》，第 13 輯，與前二文同收於中國語文學社：《王維詩研究專集》，《唐詩研究論文集》，第 2 集）。

及的兄友弟恭，及請施粥予貧人等的悲天憫人胸懷，也都是王維受儒學薰陶的體現。

王維亦尊堯舜，甚至在後期一些詩篇中仍可見此思想：

> 曾是巢許淺，始知堯舜深。（〈送韋大夫東京留守〉）

> 幸同擊壤樂，心荷堯爲君。（〈晦日遊大理韋卿城南別業〉之一）

儒家祖述堯舜，王維亦樂爲擊壤而歌的堯舜子民。

王維青年時期所作，歌詠英勇少年建功沙場的詩篇，也可說是儒家愛國思想的表現，如：

> 拔劍已斷天驕臂，歸鞍共飲月支頭。（〈燕支行〉）

> 願得燕弓射大將，恥令越甲鳴吾軍。（〈老將行〉）

這些詩中所表現的壯志，體現了孔孟執干戈以衛社稷的忠君思想。同時，王維對參與政治也表現得十分熱衷，曾因奏「鬱輪袍」新曲而得薦解頭。〔註7〕論者因此而謂青年時的王維「是一個英氣勃勃、極熱烈於功名的人。」〔註8〕柯慶明也說：「國力的強盛、國勢的擴張提供了（王維）一種追求立功揚名的理想。」〔註9〕事實上，在開元那樣的盛世，只要是積極上進的年輕人，必都會像王維一樣胸懷大志，期許自己有所做爲。

但開元十一年（723，王維廿四歲），王維在任太樂丞後不到兩年，即因事坐累，貶爲濟州司倉參軍。〔註10〕在濟州時，他雖不得意，但畢竟時值盛世，年輕的他仍有一番遠大抱負，〈送別〉中他就曾對綦母潛說：

> 聖代無隱者，英靈盡來歸。遂令東山客，不得顧採薇。

〔註7〕事見唐・薛用弱：《集異記》（《叢書集成》，第 594 冊，長沙：商務出版社 1939 年版），第 8 頁。

〔註8〕郭伯恭：《歌詠自然之兩大詩豪》（臺北：商務印書館，1964 年版），第 78 頁。

〔註9〕柯慶明：〈試論王維詩中的世界〉，《境界的探求》（臺北：聯經出版社，1984 年版），第 78 頁。

〔註10〕唐・李昉：《太平廣記》載：「王維及爲太樂丞，爲伶人舞黃師子，坐出官。」（臺北：明倫出版社，1974 年版），第 1331 頁。

不願自己就此棄世而隱。開元十三年（725，王維廿五歲）左右，王維回到長安，〔註11〕但苦無仕宦良機，只得暫隱於嵩山與終南山：〔註12〕

　　迢遞嵩高下，歸來且閉關。（〈歸嵩山作〉）

　　終南有茅屋，前對終南山。（〈答張五第〉）

　　開元十九年（西元 731、王維卅一歲），王維遷居藍田，安家定居，經營莊園。他在〈酬諸公見過〉詩中說：

　　嗟餘未喪，哀此孤生。屏居藍田，薄地躬畊。〔註13〕

由詩句所歎，可知此時王維甫喪妻。〔註14〕另據王維〈大薦福寺德光禪師塔銘〉（開元廿七年作，739，王維卅九歲）云：「維十年座下，俯伏受教」，由其時上推十年，可知王維約於開元十八年（730，王維卅歲）或次年，妻亡後不久，即開始從師習禪。

　　但喪妻之痛並未使他消沈，佛教出世的思想也並未使他萌生退意，他仍懷抱大志，盼入政壇實現理想，於是他積極干謁張九齡，在〈上張令公〉、〈獻始興公〉（分別作於開元廿二、廿三年）二詩中，

〔註11〕據盧懷萱〈王維的隱居與出仕〉所考，王維約於開元十三年十一月，玄宗東封泰山並大赦時，同返長安。

〔註12〕王維隱居終南山的時間，說法紛紜，盧懷萱認爲是在隱居嵩山之後的開元十五、十六年間（王維廿七、廿八歲），因爲終南的作品幾無佛教禪理的影響，且只爲一人獨居，故應作於開元十七年安家、學佛之前。而陳貽焮則認爲隱居終南當在開元廿九年至天寶三年之間（王維四一～四四歲），因爲《終南別業》一詩意念消極，應非開元廿一年以前所作；又因收錄此詩在內的《國秀集》，所收作品均爲開元至天寶三年間之作，因此〈終南別業〉應爲開元廿八、廿九年至天寶三年間所作。至於盧懷萱，則未論及〈終南別業〉的創作時間。個人認爲，王維隱居終南山當有兩次，第一次在開元十七年以前，第二次則在陳貽焮所說〈終南別業〉的寫作期間內。

〔註13〕盧懷萱：〈王維的隱居與出仕〉認爲，此詩所云藍田莊園，與《輞川集》中所描寫的別墅氣派、規模均不同，應是開元十九年王維初遷藍田時的生活情形，輞川別墅則是稍後才由原先莊園遷往營居的。

〔註14〕王維親人死於他之前的僅有母親與妻子，母喪時他已是五品官，因此，此詩中所哀應指其妻之喪。且《舊唐書·本傳》曰，王維「妻亡不再娶，卅年孤居一室」，王維享年六十一，因此推估其喪妻約在卅一歲，恰符合此詩創作時間。

都可見其求取仕進的迫切心情：

> 學易思求我，言詩或起予。嘗從大夫後，何惜隸人餘。（〈上
> 張令公〉）

> 賤子跪自陳，可爲帳下不？感激有公議，曲私非所求。（〈獻
> 始興公〉）

他的政見主張爲薄稅明君，任人唯賢：

> 不忍征於不粒，賦於無衣。……布慈惠之政，不以利淫。（〈京
> 兆尹張公德政碑〉）

> 致君光帝典，薦士滿公車。（〈上張令公〉）

張九齡後來也的確提拔了王維，《新唐書‧本傳》載：「張九齡執政，
擢右拾遺。」

　　王維干謁張九齡，除了是一種急欲從政的表態外，更表示他對張
九齡知賢善用，爲蒼生謀等開明政績的肯定與支持。〔註15〕但張九齡
如王維詩中所稱許的：「所不賣公器，動爲蒼生謀」（〈獻始興公〉）的
做法，卻也正擊中朋黨阿私的李林甫要害，而成爲李林甫一派的眼中
釘。終於在開元廿四年十一月，張九齡罷知政事，王維心裡因此也受
到不小的打擊。

二、初萌隱意（唐玄宗開元廿五年，張九齡貶荊州長史，至唐
玄宗天寶十四年，安史亂起：736～755；王維卅六～五五歲）

　　張九齡能知政事後，翌年四月又貶爲荊州長史，李林甫卻受封爲
晉國公。雖然唐代盛衰的分水嶺爲安史之亂，但其實在張九齡被逐，
李林甫得勢之時，就已爲唐朝種下了由盛轉衰的前因。

　　王維的政治主張趨近張九齡，且又受他器重提拔，因此當張九齡
在政壇受排擠遭貶官後，王維沮喪的心情是可想而知的，陳貽焮〈王
維的政治生活和他的思想〉一文說：

> 張九齡的見逐，對他（王維）來說不僅意味著個人政治靠

〔註15〕參見陳貽焮：〈王維的政治生活和他的思想〉，中國語文學社：《王維
　　　　詩研究專集》，《唐詩研究論文集》，第 2 集。

山的喪，更是封建開明政治的幻滅。〔註16〕

在李林甫朋黨營私一派當權的政治環境下，王維初次表示了黯然思退的歸隱念頭：

　　方將與農圃，藝植老丘園。（〈寄荊州張丞相〉）

此詩寫後不久，九月王維以監察禦史派走涼州，翌年五月返長安。在涼州的這段期間，曾有〈使至塞上〉、〈出塞作〉（皆作於開元廿五年）等邊塞詩作，風格特異於當代其他詩人的邊塞作品，文後將再論述。

　　涼州回來到任南選前的開元廿七～廿九年之間，王維將藍田原先的莊園遷至輞川別墅。知南選後返長安任職時，或曾隱於終南山，約作於當時的〈終南別業〉詩云：

　　中歲頗好道，晚家南山陲。興來每獨往，勝事空自知。（〈終
　　南別業〉）

玄宗天寶三年～五年（王維四十四～四十六歲）之間，又隱於淇上，當時所作詩云：

　　靜者亦何事，荊扉乘晝關。（〈淇上即事田園〉）

到了天寶六年（741，王維四十七歲），陳希烈為左相後，王維才又回朝任官，並於輞川別墅過著閑適的半隱居生活，史傳云：

　　維兄弟俱奉佛，居常蔬食，不茹葷血。晚年長齋，不衣文綵。
　　得宋之問藍田別墅在輞口，輞水周於捨下，別漲竹洲花塢。
　　與道友裴迪浮舟往來，彈琴賦詩，嘯詠終日。（《舊唐書‧本傳》）

　　兄弟篤志奉佛，食不葷，衣不文綵。別墅在輞川，地奇勝，
　　有華子岡、欹湖、竹里館、柳浪、茱萸沜、辛夷塢，與裴
　　迪遊其中，賦詩相酬為樂。（《新唐書‧本傳》）

王維這段時期的詩歌，除有圖畫般的輞川美景描摩外，也充分顯現了王維在李林甫政權下，異於青年時期懷抱大志的退隱意念：

　　少年不足言，識道年已長。事往安可悔，餘生幸能養。誓
　　從斷葷血，不復嬰世網。（〈謁璿上人〉）

　　既寡遂性歡，恐負招時累。……浩然出東林，發我遺世意。

────────────────
〔註16〕《王維詩研究專集》，《唐詩研究論文集》，第2集，第17頁。

　　(〈贈從弟司庫員外絿〉)

　　明時久不達，棄置與君同。……餘亦從此去，歸耕爲老農。

　　(〈送綦毋校書棄官還江東〉)

　　無才不敢累明時，思向東溪守故籬。(〈早秋山中作〉)

青年時心存魏闕的大志，至此卻成欲歸隱而不得的境地。天寶九年
（750，王維五十歲）王維母親去世；[註17]廿五個月守喪期滿後，
回朝任文部郎中，始終未離開輞川，直至天寶十四年底（755，王維
五十五歲），安史之亂爆發。

三、愧疚奉佛（唐玄宗天寶十五年，王維被拘菩提寺，至唐肅
　　　　宗上元二年七月，王維卒逝；西元756～761；王維五十六～
　　　　六十一歲）

　　天寶十五年安祿山兵陷潼關，《舊唐書・本傳》載：

　　　祿山陷兩都，玄宗出幸，維扈從不及，爲賊所得。維服藥
　　　取痢，僞稱瘖病。祿山素憐之，遣人迎置洛陽，拘於普施
　　　寺，迫以僞置。

賊平後，凡受賊官者以六等罪定罪，王維被囚於宣楊里楊國忠宅。
[註18]肅宗至德三年，「維以凝碧詩聞於行在，肅宗嘉之，會縉請削
己刑部侍郎以贖兄罪，特宥之，責授太子中允。」(《舊唐書・本傳》)
[註19]雖然有形的刑罰已赦免，但這次重大事變在王維心裡所印下
的恥辱愧疚，卻永難洗刷，他在唐肅宗至德三年（西元756年、王
維五十八歲）所作的〈謝除太子中允表〉中自責道：

[註17] 據金丁：〈王維丁憂時間質疑〉所考，王維喪母當在「天寶九載春天」。
　　　　(《文學遺產增刊》，第13輯，後收於《王維詩研究專集》)

[註18] 唐・李昉《太平廣記》第179卷載：「天寶末，祿山初陷西京，維及
　　　　鄭虔、張通等皆處賊庭，洎克復囚於宣楊裏楊國忠舊宅。」(第1332
　　　　頁)

[註19] 引文中所言「凝碧詩」，即唐玄宗天寶十五年，王維被拘於菩提寺時，
　　　　所作〈菩提寺禁裴迪來相看說逆賊等凝碧池上作音樂供奉人等舉聲
　　　　便一時淚下私成口號誦示裴迪〉詩：「萬戶傷心生野煙，百官何日再
　　　　朝天？秋槐葉落空宮裏，凝碧池頭奏管絃。」

> 上皇出宮，臣進不得從行，退不能自殺，情雖可察，罪不
> 容殊。……今聖澤含宏，天波昭洗，朝容罪人食祿，必招
> 屈法之嫌。臣得奉佛報恩，自寬不死之痛。

由此可看出他當時愧疚至深，也因此更視富貴如浮雲，益倦於宦途，
只願虔誠奉佛，以求身心超脫，《舊唐書・本傳》云其：

> 在京師日飯十數名僧，以玄談爲樂。齊中無所有，唯茶鐺、
> 藥白、經案、繩床而已。退朝之後，焚香獨坐，以禪誦爲事。

這正是王維乾元元年（758，王維五十八歲）蒙宥復官以後，至上元
二年（761，王維六十一歲）七月卒逝的四年之間平實的生活寫照。
這段期間，王維住在終南山附近的一處瓜園中，（輞川莊園已請施爲
寺而不再去了），雖然仍任職朝中，歷仕太子中允、太子中庶子、中
書舍人、給事中等職，並於乾元二年（759，王維五十九歲）轉尚書
右丞，但王維此時心境，不妨借用他自己於中歲信佛未久時（開元廿
五年，737，王維卅七歲）在〈讚佛文〉中所說：「身在百官之中，也
超十地之上」，心境與前期的欲歸隱而不得，大不相同。

　　王維性喜山水，溫良敦厚，一生歷經青年積極、中年欲隱不得、
晚歲幽居奉佛的人生態度轉變，基本上可歸言之爲恬淡自得的詩人，
他自己詩中也曾說：

> 吾生好清靜，蔬食去情塵。（〈戲贈張五弟諲〉三首之三）
> 與我同心人，樂道安貧者。（〈過李揖宅〉）
> 人生能幾何，畢竟歸無形。（〈哭殷遙〉）
> 世事浮雲何足問？不如高臥且加餐。（〈酌酒與裴迪〉）
> 願奉無爲化，齊心學自然。（〈奉和聖製慶玄元皇帝玉像之作應制〉）
> 莫驚寵辱空憂喜，莫計恩讎浪苦辛。（〈疑夢〉）

這些詩句表明了他清心寡欲，與世無爭，安貧樂道，心繫自然的本性
眞情。甚至在部份邊塞詩中，王維也表現了異於盛唐邊塞詩激越澎湃
的情調。王維邊塞詩最爲與眾不同的是他選用的詩歌體式，唐人邊塞
詩多以七言出之，因爲七言的節奏最能表現奔放雄偉及喧動的塞外精

神，如：

> ……涼秋八月蕭關道，北風吹斷天山草。崑崙山南月欲斜，
> 胡人向月吹胡笳。……（岑參〈胡笳歌送顏真卿赴河隴〉）

> 古城莽莽饒荊榛，驅馬荒城愁殺人。魏王宮觀盡禾黍，信
> 陵賓客隨灰塵。……（高適〈古大梁行〉）

如此的七言體是邊塞詩典型的樣貌，然而王維的邊塞詩，卻多以他山水田園詩所擅長的五言詩體來表現，事實上，五言詩體通常較適於表達恬靜舒緩的內容，王維卻用以之包裝邊塞內容，遂使其邊塞詩流露出淡雅徐緩的變調風格，如：

> 沙平連白雪，蓬捲入黃雲。慷慨倚長劍，高歌一送君。（〈送
> 張判官入河西〉）

> 日暮沙漠陲，戰聲煙塵裡。盡繫名王頸，歸來獻天子。（〈從
> 軍行〉）

這兩首詩的前二句，都起得極其平和，或以「平」、「白」等安詳的形容詞以狀沙原、雪景，或將震天的戰聲推遠於天陲，包裹入煙塵，總知都營造出一種獨享塞外寧境的特殊情味。此外，其邊塞詩的結局也喜以淡遠蕭瑟的景語作結，將詩歌中段的雄渾氣氛，收束在蒼涼孤寂的餘味中，使全詩顯得含蓄節制而清淡平遠，如：。

> 風勁角弓鳴，將軍獵渭城。草枯鷹眼疾，雪盡馬蹄輕。忽
> 過新豐市，還歸細柳營。回看射雕處，千里暮雲平。（〈觀獵〉）

> 十裡一走馬，五裡一揚鞭。都護軍書至，匈奴圍酒泉。關
> 山正飛雪，烽戍斷無煙。（〈隴西行〉）

這兩首詩在尾聯之前，尚以生動的筆法將出獵的將軍及策馬赴邊的官員寫得縱馬急馳，動感十足，但收尾二句，氣勢卻為之一轉：「回看射雕處，千里暮雲平」，使全詩的豪壯在回首蕭瑟的遠景中戛然而止；「關山正飛雪，烽戍斷無煙」，也以迷離寂景，壓抑了先前的英發之氣，成為唐代邊塞詩中的特異風格！何寄澎〈大漠孤煙直，長河落日圓——試探王維的內心世界〉分析王維邊塞詩的特色說：

> 王維的邊塞詩卻化動美為靜美、化雄偉為瀟灑，即使豪壯，

也不願過於直切，更隨時流露出悠然淡泊的心態。凡此種
種，都足以證明王維的人格在本質上是屬於清淡的；而清
淡的詩風乃正是其人格的表徵。〔註20〕

這些悠然淡泊的邊塞詩，多為王維少年時的作品，或在開元廿五年
（737，王維卅七歲）派赴涼州時所作，彼時他尚未從師習禪，宗教
對他影響力仍不深，政治上也還未受到重大挫折，卻已將理當雄渾壯
闊的邊塞詩，寫得如此清淡閒雅，足見其本性之淡泊。至於晚年信佛，
厭倦仕途後，對清靜的追求更是鮮明，且看他晚年所作的〈飯覆釜山
僧〉：

　　　晚知清靜理，日與人群疏。……已悟寂為樂，此生閒有餘。

言辭中所流露的心態，分明已無罣於塵俗世事了。因此，儘管王維早
年曾積極仕進，直到晚年也仍任職朝廷，然其稟性始終「閒逸寡欲」。
〔註21〕

　　綜合以上分析，王維詩的抒情主題，可歸納為以下幾點特色：一
是田園山居的生活描寫；二是山水畫意的經營；三是饒富禪趣；四是關
懷社會。其中前兩項可說是性喜水山的情懷流露；第三項是佛教禪宗思
想的影；第四項是溫良敦厚的本性使然。這四點特色，並非涇渭分明，
截然可分，就如同邱燮友為詩歌的趣味分類時所說：「詩趣的類別，大
抵有情趣、畫趣、諧趣、理趣和禪趣等項。有時一首詩中，同時具有多
類的詩趣。」〔註22〕王維的詩也常同時具有多樣的主題特色。柯慶明〈試
論王維詩中常見的一些技巧和象徵〉一文中也曾說，王維作品所呈現
的，是一個立體的世界，給人多重的感受層面。〔註23〕因此，本文所歸
納的王維詩歌抒情的主題特色，是交織表現的，如〈渭川田家〉，劉大

〔註20〕何寄澎：〈大漠孤煙直，長河落日圓──試探王維的內心世界〉，《幼
　　　　獅文藝》，第46卷，第6期，1977年11月，第164頁。
〔註21〕劉維崇：《王維評傳》，第148頁。
〔註22〕邱燮友：〈唐詩中的禪趣〉，《古典文學》（臺北：中國古典文學研究
　　　　會，1980年版），第2集，第141頁。
〔註23〕柯慶明：《境界的探求》，第268頁。

杰說它是「出於畫筆禪理與詩情的集體表現」，〔註24〕就主題來說，它不僅畫意鮮活，禪趣深蘊，同時也是田園生活的親切再現。

第二節　田園山居

　　王維性喜山水，安於恬淡，詩篇內容因而以閒適隱逸為歸趨。同時他又成功結合了陶淵明田園詩與謝靈運山水詩的藝術成就，加以復興再造，遂開創了既歌頌田園閒適，也讚美山水可愛的山水田園詩派，創作了許多以自然景物為伴的隱逸詩篇。

　　東晉時的陶淵明，個性率真，理想高遠，無法苟同於晉宋時混濁的政治生態，因而歸隱田園，寄情山水，在詩中為自己建立了理想的生活方式與環境。其詩云：

　　　　羈鳥戀舊林，池魚思故淵。開荒南野際，守拙歸田園。(〈歸園田居〉之一)

　　　　採菊東籬下，悠然見南山。山氣日夕佳，飛鳥相與還。此中有真意，欲辯已忘言。(〈飲酒〉之五)

陶淵明以質樸平淡的語言素寫田園生活與農村情致，並抒發居隱情懷，鍾嶸《詩品》稱其為「古今隱逸詩人之宗」。〔註25〕

　　南朝宋謝靈運不同於陶淵明的以田園生活及個人情感為主，山水景物為輔，謝靈運以山水景物的客觀摩寫為主，在駢言儷句的雕琢之下，景物細膩精美，如：

　　　　池塘生春草，園柳變鳴禽。(〈登池上樓〉)

　　　　遠巖映蘭薄，白日麗江皋。(〈從遊京口北固應詔〉)

陶、謝筆下這些讀之令人神往的田園山水，由於齊梁淫靡的宮體詩風瀰漫而幾成絕響。〔註26〕初唐王績雖曾有少數田園詩作，如：「東皋

〔註24〕劉大杰：《中國文學發展史》，第 268 頁。

〔註25〕南朝宋・鍾嶸：《詩品》(臺北：金楓出版社，1986 年版)，卷中，第116 頁。

〔註26〕王國瓔：《中國山水詩研究》認為，南朝時詠物、宮體詩雖取代山水詩而成主流，山水詩卻並未消聲匿跡，惟此時的山水詩與謝靈

藉暮往，徒倚欲何依。……牧人驅犢返，獵馬帶禽歸。」(〈野望〉)、
「阮籍生涯懶，嵇康意氣疎。相逢一醉飽，獨坐數行書。」(〈田家〉)
等，頗具田園風味，然終未蔚爲風氣。直到盛唐王維，將田園詩與山
水詩結合復興，山水田園詩風遂爲盛唐詩壇帶來新貌。王維在田園生
活的描寫中添繪山水美景，不但兼融陶詩眞淳自然的風格與謝詩精緻
秀麗的技巧，更在陶的質樸之上深蘊理趣，在謝的聲光色貌上添附性
靈。傅東華《王維詩》導言中曾說：

> 大凡名家的詩，必都有一種特徵，所以自別。這種特徵就
> 是詩的生命；……陶淵明的詩，生命在「韻」；……王維的
> 詩，生命在「味」。……兩者的區別，在前者是一種平淡的
> 敘述，好處只在含有一種令人愉快的韻致；後者則耐人尋
> 索，讀者愈能體會則趣味愈長。〔註27〕

作者認爲王維詩較陶詩多了分耐人尋思的趣味，如王維〈藍田山石門
精舍〉詩，顯然爲陶淵明〈桃花源記〉的改寫，然「道心及牧童，世
事問樵客」的悟道理趣，卻妙於陶詩。再以王維此詩與謝靈運相比，
「澗芳襲人衣，山月映石壁」，不費力而拈來，卻暗香撲鼻，輝光暖
人，比之謝靈運「情必極貌以寫物，辭必窮力而追新」〔註28〕的精心
雕琢，王維顯然更有隨遇自得的慧眼靈心。

　　曾有論者認爲，王維、儲光羲、孟浩然等唐人所寫的田園詩，都
只是農村生活甘美的一面，並不曾眞實地觸及農村勤苦困窮的一面，
因而比起陶淵明躬耕田畝的經驗描寫總是隔了一層。〔註29〕事實上，
王維也有過豐富的躬耕經驗，其詩自云：

運、謝朓的山水詩已大不相同：「(南朝)這期間的山水詩和詠物、
宮體詩一樣，多爲君臣遊宴之餘，酬酢唱和之作，具有強烈的遊
戲性。」(臺北：聯經出版社，1986 年版，第 221 頁)
〔註27〕傅東華：《王維詩》(臺北：商務印書館，1981 年版)，第 7 頁。
〔註28〕南朝宋・劉勰撰，羅立乾注譯：《新譯文心雕龍・明詩》(臺北：三
民書局，1996 年版)，第 2 卷。
〔註29〕參見林文月：《山水與古典》(臺北：純文學出版社，1981 年版)，第
157 頁。

> 餘適欲鋤瓜，倚鋤聽叩門。（〈瓜園詩〉）
> 不到東山向一年，歸來纔及種春田。（〈輞川別業〉）
> 屏居藍田，薄地躬畊。歲晏輸稅，以奉粢盛。晨往東臯，
> 草露未晞。暮看煙火，負擔來歸。（〈酬諸公見過〉）

經由這些詩句，可知王維的田園生活確曾付出汗水與心血，也因此才會有深刻如「晚田始家食，餘布成我衣。」（〈贈劉藍田〉）的生活體驗，以及平實如「持斧伐遠揚，荷鋤覘泉脈。」（〈春中田園作〉）的勞動描寫。王維的山水田園詩歌之所以成就非凡，貼近生活場景的寫實風格正爲其要因。

　　茲以〈渭川田家〉與〈田家〉二詩，以見王維田園生活描寫之眞切。其〈渭川田家〉云：

> 斜光照墟落，窮巷牛羊歸。野老唸牧童，倚杖候荊扉。雉
> 雊麥曲秀，蠶眠桑葉稀。田夫荷鋤立，相見語依依。即此
> 羨閒逸，悵然吟式微。

此詩刻繪渭川一帶農家的傍晚情景，起頭即爲村墟籬落舖灑斜陽餘暉，點染出一日農事畢的悠閒情調；牛羊在牧童的伴隨下，向窮巷裡歸來，掛念牧童的老叟早已久候荊扉，即此日常作息而寫出動人的天倫之樂。接著出現眼前的是代表農村生活的牲口及作物：雉鳴田間，麥已開花；桑葉漸稀，蠶已飽食；農家的衣食豐足可知。辛勤了一天的農夫們閒談依依，不捨歸去，又寫盡民風淳厚。體驗如此歲月無驚，美滿閒適的農村晚景，王維不禁慨歎滿懷，欽羨不已。

　　王維此詩藉由田園生活的描寫，抒發對田家閒逸的欣慕，以及對歸隱生活的渴望。全詩重心在尾聯：「即此羨閒逸，悵然吟式微」，抒發了詩人的主觀情懷，即此可知前三聯田家日暮的客觀描寫，都是尾聯主題的興發寄寓。〔註30〕清人高步瀛《唐宋詩舉要》稱許此詩：「天趣自然，踵武靖節。」〔註31〕推崇王維是繼陶淵明之後，以白描式田園詩歌

〔註30〕清‧王夫之：《唐詩評選》（北京：文化藝術出版社，1997 年版），第49 頁。
〔註31〕清‧高步瀛：《唐宋詩舉要》（臺北：學海出版社，1986 年版），第1

揮灑天然情趣的高手。再看王維另一首田園生活的代表作〈田家〉：

舊穀行將盡，良苗未可希。老年方愛粥，卒歲且無衣。雀乳青苔井，雞鳴白板扉。柴車駕羸牸，草屩牧豪豨。多雨紅榴折，新秋綠芋肥。餉田桑下憩，旁舍草中歸。住處名愚谷，何煩問是非。

這是一首略帶社會性的田園詩，由穀糧衣布等實際的民生問題起筆，並一一敘盡雞雀牛羊、秋雨榴芋等田家生活點滴。儘管駕柴車、著草屩，物質生活匱乏，然全詩仍以「多雨」、「芋肥」、「餉田」等飽滿的田園美景，營造了不問世事，愜意自足的人生情態。

除了以上兩首之外，王維田園生活的經典之作尚有：

萋萋芳草春綠，落落長松夏寒。牛羊自歸村巷，童稚不識衣冠。（〈田園樂〉七首之四）

屋上春鳩鳴，村邊杏花白。持斧伐遠揚，荷鋤覘泉脈。（〈春中田園作〉）

主人東皋上，時榿遶茅屋。蟲思機杼鳴，雀喧禾黍熟。（〈宿鄭州〉）

白水明田外，碧峰出山後。農月無閒人，傾家事南畝。（〈新晴晚望〉）

雞犬散墟落，桑榆蔭遠田。（〈千塔主人〉）

這些詩皆以樸實雅緻的語言勾勒村野風光，生意盎然，情趣豐厚。清人沈德潛《說詩晬語》說王維得陶詩之「清腴」，這類澄淨飽滿的田園正是最佳例證。

山居閒情的抒寫也是王維詩出色的主題。茲以〈山居秋暝〉、〈山居即事〉兩首為例詳析之。其〈山居秋暝〉云：

空山新雨後，天氣晚來秋，明月松間照，清泉石上流。竹喧歸浣女，蓮動下漁舟。隨意春芳歇，王孫自可留。

此詩寫秋夜雨後的山中情景，月色沁涼，流泉淙淙。聽竹林喧響，知

卷，第12頁。

是洗衣女們浣罷歸來；見蓮葉搖盪，知有漁舟劃過。詩人沉浸於此山居夜色中，滿心閒適，俗慮全消，即使春草已凋，但又何妨？留連忘返亦無不可。明人唐汝詢《唐詩解》解此篇曰：

> 此見山居之佳也。雨過涼生，夜氣浸爽，月明泉冽，景有秋容。女浣男漁，俗有秋思。因想昔人，以春草屬之王孫，今春芳雖歇，山中亦自可留，當不受淮南之招矣。秦地苦水，衣不易濯，至秋則結伴就溪浣之。今暮歸之女，經竹而喧，儔侶之眾可知。〔註32〕

精闢詮解了此詩的秋山美景、溫馨氣氛，與詩人舒爽快意的心情。高步瀛評此詩云：「隨意揮寫，得大自在」，〔註33〕如此悠游自在，流連美景的人生享受，正是王維山居生活的情趣所在。再看〈山居即事〉：

> 寂寞掩柴扉，蒼茫對落暉。鶴巢松樹徧，人訪蓽門稀。嫩竹含新粉，紅蓮落故衣。渡頭燈火起，處處採蓮歸。

此詩記述山居傍晚的寂寥心境，中間兩聯以身旁景象點出幽隱於山林的脫俗天地，結尾則遠眺山下渡口處，採蓮人欣喜歸返的情景，餘味淡遠。許文雨集注的《唐詩集解》說：

> 案此篇詠山居秋傍晚之景，落暉松鶴，嫩竹紅蓮，各標天趣。渡頭燈火，采菱人歸，逸韻傍生，清機無滯。〔註34〕

即如其論所析，王維此詩山景清麗，機趣天成，抒發了山居生活的閒雅情韻。除了以上兩首之外，以下諸詩也都可見其山居閒情：

> 時倚簷前樹，還看原上村。表荴臨水映，白鳥向山翻。（〈輞川閒居〉）

> 終年無客長閉關，終日無心長自閒。不妨飲酒復垂釣，君但能來相往還。（〈答張五弟〉）

> 藉草飯松屑，焚香看道書。燃燈晝欲盡，鳴磬夜方初。（〈飯覆釜山僧〉）

〔註32〕明・唐汝詢：《唐詩解》（保定：河北大學，2001 年版），第 35 卷。
〔註33〕清・高步瀛：《唐宋詩舉要》，第 4 卷，第 422 頁。
〔註34〕許文雨集注：《唐詩集解》（臺北：正中書局，1954 年版），中冊，第 6 頁。

我家南山下，動息自遺身。入鳥不相亂，見獸皆相親。雲
霞成伴侶，虛白侍衣巾。(〈戲贈張五弟諲〉三首之三)

這些詩中，一無俗世塵雜，只見山鳥雲霞，爲王維閒逸山居生活的寫
照。

　綜觀以上田園山居諸詩，閒逸自適可謂王維山林田園生活最主要
的情懷感受，「閒」字因此於其詩中隨處可見，如：

閒花滿巖谷，瀑水映杉松。……清晨去朝謁，車馬何從容。
(〈韋侍郎山居〉)

時吟招隱詩，或製閒居賦。(〈丁寓田家有贈〉)

北牕桃李下，閒坐但焚香。(〈春日上方即事〉)

清川長帶薄，車馬去閒閒。(〈歸嵩山作〉)

我心素已閒，清川澹如此。(〈青谿〉)

落日鳥邊下，秋原人外閒。(〈登裴迪秀才小臺作〉)

這些頻繁出現的「閒」字，透露出詩人山居的閒適心境。劉若愚《中
國詩學》提到「閒適」之情時，也強調「閒」是王維詩的關鍵字之一，
他對「閒」字的解釋如下：

不單是指清閒無事，而且可以指脫離世俗的憂慮和欲念，
本身心平氣和或者與自然和諧相安的一種心境。……它是
王維詩的關鍵字之一。〔註35〕

王維詩中的閒適之情，可說是山居生活的反射。詩人的內心世界，在
擺脫了世俗的紛擾羈絆後，轉而在山園間，體會到宇宙自然和諧的生
命力量，心靈因此得以舒放解脫，自在悠遊，於是生活中處處有閒情。
柯慶明〈略論唐人絕句裡的異域情調——山林詩與邊塞詩〉一文說：

在山林詩中所反映的人之歸返山林，……它基本上尋求
的，正如王維「山中習靜觀朝槿」這句詩裡所明白說出來
的，原在於一種「靜」，一種避免社會生活中的奔競紛擾之
後，方能達致的內心的和平狀態的尋求。〔註36〕

〔註35〕劉若愚：《中國詩學》，第85頁。
〔註36〕呂正惠編《唐詩論文選集》(臺北：長安出版社，1985年版)，第116

柯慶明所言「靜」的內心和平狀態的尋求，亦可與王維詩中的閒情呼應，當詩人有了與宇宙萬物渾然共生的體驗，心靈自然平和，閒情便油然而生。劉大杰以王維的生活與思想印證其詩風心境時，也說：「他（王維）心安理得，他的心境與詩風，都能達到純然恬靜與平淡的境界。」〔註37〕

　　王維這種閒靜的情懷表現，與其思想背景關係亦切，因為他有著得自於佛教的空無思維，其〈與魏居士書〉云：「聖人知身不足有也，故曰：欲潔其身而亂大倫；知名無所著也，故曰：欲使如來名聲普聞。故離身而返屈其身，知名空而返不避其名也。」這種得自佛教的見解，看破一切，郭伯恭因此謂其成就了「靜的出世觀」。郭伯恭論王維詩幽靜沖淡的思想背景說：

　　　　（王維）以儒教為立足點，然後與佛教相融合，造成他自
　　　　己的人生見解與人格，表現在他晚年所寫的獨特的淡遠閒
　　　　靜的詩格裡。〔註38〕

其實，王維晚年淡遠閒靜的山水田園詩歌中，儒家思想的影響已微乎其微，佛家思想的影響才是較確切而顯見的。此外，王維在某些詩篇中也透露了道家思想的影響，如：「住處名愚谷，何煩問是非？」（〈田家〉）、「干戈將揖讓，畢竟何者是？」（〈偶然作〉之二）以小國寡民、無為政府的自然生活為天清地寧的理想社會，正是老子思想的再現，〔註39〕也是形成王維詩中閒情靜性的思想背景之一端。柯慶明在〈試論王維詩中的世界〉文中說：

　　　　……我們就可以明白王維的嚮往自然是如何以道家思想為
　　　　基礎而漸漸滲和了佛家的解釋。……王維對於自然的嚮往
　　　　根本上是一種道家思想，但表現在實踐上卻是傾向於佛教

　　頁。
〔註37〕劉大杰：《中國文學發展史》，第430頁。
〔註38〕郭伯恭：《歌詠自然之兩大詩豪》，第84頁。
〔註39〕《老子》第八十章有言曰：「小國寡民，使有什佰之器而不用，使民重死而不遠徙。……甘其食、美其服、安其居、樂其俗。鄰國相望，雞狗之聲相聞。民至老死不相往來。」為老子之理想國。

的。〔註40〕

以道家一本自然的思想基礎，落實爲佛家出世的生活實踐，王維渴求閒靜的心靈，終於在田園山居的生活中得到自由與滿足。

王維山林田園的生活描寫中，常兼及村野人物的描寫，成爲這類詩歌的一大內容特色，如〈偶然作〉六首之二，寫一位田舍老翁的生活：

田舍有老翁，垂白衡門裡。有時農事閒，鬥酒呼鄰里。喧聒簷下，或坐或復起。短褐不爲薄，園葵固足美。動則長子孫，不曾向城市。

這樣一位純樸敦厚的老翁，也許終其一生都不曾享受功名與富貴，但他所擁有的濃鬱親情、友情與泥土芬芳，卻是世間無物可及的財富。王維在描寫這類村裡人物時，筆下所流露的欣羨與關懷，正可見其不同於世俗務求名利的價值觀。又如：「杏樹壇邊漁父，桃花源裡人家。」（〈田園樂〉之三）、「牛羊自歸村巷，童稚不識衣冠。」（〈田園樂〉之四）也都寫出了村里童叟的無憂閒情。

此外，王維在這類詩作中，也明確表露了歸隱的意念。如：

悠哉自不競，退耕東皋田。……酌醴賦歸去，共知陶令賢。
（〈送六舅歸陸渾〉）

羨君棲隱處，遙望白雲端。（〈酬比部楊員外暮宿琴臺朝躋書閣率爾見贈之作〉）

還持鹿皮幾，日暮隱蓬蒿。（〈春園即事〉）

等詩所描述，王維顯然將所居的山園看做是歸隱地了。當世情冷暖、仕途有志不得申等的不如意，令他心志疲憊時，或唯有歸返山林田園，營造一片屬於自己的隱居天地，方可平衡王維受創的心靈。

第三節　山水畫意

讀王維的〈輞川閒居贈裴秀才廸〉詩，我們所感受到的詩人閒情

〔註40〕柯慶明：〈試論王維詩中的世界〉，《中外文學》，第 6 卷，第 2 期，1977 年 7 月，第 119 至 122 頁。

逸致,是透過一幅明麗優美的輞川秋暮圖景所呈現的,其詩云:

> 寒山轉蒼翠,秋水日潺湲。倚仗柴門外,臨風聽暮蟬。渡
> 頭餘落日,墟裡上孤煙。復值接輿醉,狂歌五柳前。

凝寒卻仍蒼翠的山色,已帶秋意卻依然淺流的清溪,以及遠望炊煙升起的村落,在渡口餘暉夕照的暈染下,營構成一幅淡雅而寫意的山水畫。畫中並有扶杖倚門,悠閒欣賞美景、聆聽風中蟬唱的詩人,以及與詩人巧遇的裴秀才,醉飲如楚狂接輿般,忘情高歌於詩人宅前。王維此詩細膩的筆觸,不僅將初涼秋色充分突現,更在靜美之外,以裊裊升動的炊煙及脈流的溪水,使山水畫意更顯鮮活;再上潺湲的水聲及斷續的蟬鳴,呈現我們眼前的,便是一幅有聲圖畫。透過詩中畫趣,作者與好友的瀟灑快意,也自然流轉而出。

像這樣,以鮮活的山水畫意為主題來抒寫情懷的表現遍見於王維詩中,成為極其重要的特色,不僅田園詩、山水詩的寫景優美,即如邊塞、送別、贈友、禪趣等篇什中,也常不乏動人的景致刻劃,使詩歌呈現光彩。〔註41〕王維何以如此偏愛景色的繪寫?他又何以能成功的藉著山水畫意的經營來抒寫情懷?而透過畫意的表現,詩歌達到了何等的抒情效果?這些都是本節所欲探討的。

最早將王維的詩與畫併合討論的,是蘇軾〈書摩詰藍田煙雨圖〉所言:

> 味摩詰之詩,詩中有畫;觀摩詰之畫,畫中有詩。〔註42〕

畫家作畫,其實是心靈情感的表現,與詩人的以詩抒感有異曲同工之妙。〔註43〕錢鍾書說:「詩跟畫是姊妹藝術,……並且是孿生的姊妹。」

〔註41〕就數量來說,以寫景為主的詩作幾乎佔了王維詩歌的一半以上。說法參見柯慶明:〈試論王維詩中常見的一些技巧和象徵〉,《境界的探求》第 222 頁。

〔註42〕宋·蘇東坡:《東坡題跋》(臺北:廣文書局,1971 年版),第 5 卷。

〔註43〕早在宋朝,張舜民的《畫墁集》就曾說:「詩是無形畫,畫是有聲詩。」(王雲五主編:《叢書集成》,第 441 冊,上海:商務印書館,1935 年版,第 1 卷,第 8 頁);宋人錢鍪〈次袁尚書巫山十二峰廿五韻〉詩中也有:「終朝誦公有聲畫,卻來看此無聲詩。」(引見清·厲鶚、

〔註44〕尤其山水畫與山水詩，在創作技巧上更有可相借鏡之處。若山水詩人同時擅畫山水，則其對於如何取擇全景，微觀靜物，安置視角，必然有獨到的表現手法。王維正是一位難得詩畫俱優的人才，他自己也曾在詩中說他與繪畫有隔世之緣：

> 宿世謬詞客，前身應畫師。不能捨餘習，偶被世人知。（〈偶然作〉之六）

> 可見他對繪畫的喜愛程度。後人對他的畫作評價頗高，除了前文所引蘇軾讚語之外，清人符曾爲趙殿成《王右丞集箋注》作序時亦云：「昔人稱詩爲有聲畫，畫爲無聲詩，二者罕能並臻其妙，右丞擅詩，……繪事獨絕千古，所謂無聲之詩，有聲之畫，右丞蓋兼而有之。」〔註44〕

今人張志嶽〈詩中有畫—試論王維詩的藝術特點〉分析道：「我們說某個作家的『詩中有畫』，……這就要求作者在詩、畫創作的各個環節，特別是在構思上，達到高度熟練，才有可能相互滲透，自然融合。而要做到這一點，最理想的作家應該既是大詩人，同時又是大畫家，王維可以說是古代詩人中具有這種條件的代表人物。」〔註45〕

　　王維的繪畫，不論人物花鳥，皆極擅長，〔註46〕但若論他在畫史上最大的成就，則仍以水山畫爲最重要。唐人李肇《國史補》道：「王維畫品妙絕，於山水平遠尤工。」〔註47〕唐人封演《封氏見聞記》

　　　馬曰琯輯：《宋詩紀事》，上海商務印書館，1937年版，第59卷，第1515頁）

〔註44〕錢鍾書：〈中國詩與中國畫〉，《文學研究叢編》（臺北：木鐸出版社，1971年版，第1輯，第75頁。

〔註44〕《四部備要》乾隆刻本（臺北：中華書局，1985年版），第3頁。

〔註45〕張志嶽：〈詩中有畫 —— 試論王維詩的藝術特點〉，中國語文學社編：《王維詩研究專集》，第55頁。

〔註46〕王維的畫作，據宋代《宣和畫譜》所載，御府所藏共有一百廿六幅，其中人物畫八十五幅，山水畫四十一幅。（宋・不著撰人：《宣和畫譜》，清・張海鵬輯：《學津討原》，臺北：新文豐出版社，1980年版，第16冊，第478頁。

〔註47〕唐・李肇：《國史補》，《筆記小說大觀》（臺北：新興書局，1973年版），正編，第1冊，上卷，第80頁。

也說：「王維特妙山水，幽深之致，近古未有。」〔註48〕《舊唐書‧本傳》則盛讚他繪畫方面的表現說：「書畫特臻其妙，筆縱措思，參予造化，而創意經圖，即有所缺，如水山平遠，雲峰石色，絕亦天機，非繪者之所及也。」明朝時，董其昌等人將山水畫分爲南北二宗，更推王維爲南宗之祖：

> 禪家有南北二宗，唐時始分；畫之南北二宗，亦唐時分也，
> 但其人非南北耳。北宗則李思訓父子著色山水，……南宗
> 則王摩詰始用渲淡，一變鉤研之法。〔註49〕

提到山水畫的南北分宗，應先對山水畫在唐朝的發展有概括的認識，據張彥遠《歷代名畫記》論畫山水樹石所載，在唐以前的魏晉時期，山水還只有人物畫的背景和點綴，甚至常可見畫中人大於山。唐初，閻立德、閻立本兄弟，雖漸變所尙，但畢竟他們主要的成就仍在人物肖像畫。山水畫眞正的變革，張彥遠認爲「山水之變，紿於吳（道子），成於二李（思訓、昭道父子）。」但是，據莊申〈王維繪畫源流的分析〉〔註50〕所考，李思訓約生於唐高宗永徽四年（西元 653 年），卒於唐玄宗開元六年（西元 718 年）。當吳道子於開元五年（西元 717年）、年廿七，開始因被玄宗召入宮中爲供奉，而漸享畫名之時，李思訓早已是一位名滿朝廷民間的大畫家，且翌年即爲李思訓的卒年，因此莊申認爲，山水畫始於吳、成於李的這個錯誤，「或者應該修正爲始於李，成於吳。」〔註51〕

李思訓的畫風，據〈唐朝名畫錄〉、〈歷代名畫記〉、〈宣和畫譜〉等文獻的記載，大抵是沿襲魏晉以來重描線敷色的畫法，勾勒細緻，

〔註48〕唐‧封演：《封氏見聞記》（臺北：新文豐出版社，1984 年版），第 5卷，第 342 頁。

〔註49〕明‧董其昌：《容臺別集》（國立中央圖書館，1968 年版），第 6 卷，第 2100 頁。

〔註50〕莊申：〈王維繪畫源流的分析〉，原載《清華學報專刊 —— 紀念李濟之七十歲紀念論文集》，1965 年，後收於莊申：《王維研究》，第四章。

〔註51〕莊申：〈王維地位在山水畫史中演變的分析〉，原載《香港新亞學報》（1966 年版），第 7 卷，第 2 期；後收於莊申：《王維研究》，第 5 章。

且色彩濃重，山水都塗上青綠色，峰巖間常使用金色加以界畫，因此後世稱爲「金碧山水」，〔註52〕也就是董其昌所謂的北宗。

　　吳道子面對當時畫壇流行的敷色濃豔畫風，開始嘗試單獨以水與墨的配合，完成一切畫中景物的方法，唐朱景玄〈唐朝名畫錄〉中曾特別指出：「吳生畫……，又數處圖壁只以墨縱爲之。」〔註53〕但這項革新畫風的流行，則是到了天寶年間才由王維加以發揚，〔註54〕〈唐朝名畫錄〉說：

　　　　其（王維）畫山水松石，蹤似吳生，而風致標格特出。……
　　　　故山水松石，並居妙上品。（第24頁）

王維利用簡單的筆墨，創造黑白之間的各種水墨變化，使他晚年的山水畫風格淡雅，一如他晚年淡泊的性情，後世稱此一畫風爲「破墨山水」，〔註55〕也就是董其昌所謂的南宗。王維更首創披麻皴法，使中國山水畫在表現生動神妙的技法上，有了重大的突破。〔註56〕

　　王維這位中國「文人畫」〔註57〕之祖，對畫理也很精通，作有

〔註52〕所謂「金碧山水」，「指中國畫顏料中的泥金、石青和石綠。凡用這三種顏料作爲主色的山水畫。」（藝術家工具書編委會主編：《美術大辭典》（臺北：藝術家圖書公司，1981年版，第166頁。）

〔註53〕見黃賓虹等編：《美術叢書》（臺北：藝文出版社，1968年版），第2冊，第2集，第6輯，第16頁。

〔註54〕莊申：〈王維繪畫源流的分析〉認爲，王維早年，當李思訓畫風流行時，也曾深受其影響而以色彩作畫；到晚年，他才轉爲追隨吳道子畫風，並促成畫壇革新風氣。（莊申：《王維研究》，第112頁。）

〔註55〕所謂「破墨山水」是指：「中國水墨畫的一種墨技法。……後世所謂破墨有用濃墨破淡墨，或用淡墨破濃墨，其要求爲使墨色濃淡相互滲透掩映，達到滋潤鮮活的效果。」（《美術大辭典》，第167頁。）

〔註56〕參見明・董其昌：《容臺別集》，第6卷，第2146頁。

〔註57〕所謂「文人畫」，是指：「亦稱『士夫畫』。……泛指中國古代文人、士大夫的繪畫，以別於民間和宮廷畫院的繪畫。「文人畫」的作者，多取材於山水、花鳥、竹木，以抒發性靈或個人牢騷，間亦寓有對民族壓迫的憤懣之情。他們標舉士氣、逸品，講求筆墨情趣，脫略形似，強調神韻，並重視文學修養，對畫中意境的表達以及水墨、寫意等技法的發展，有相當影響。」（《美術大辭典》，第103頁。）

〈畫論三首〉，[註58] 其中最重要的理論是：「凡畫山水，意在筆先。」（《畫學祕訣》）此論重要影響了他詩歌創作，其山水詩中往往以整體意境的營造取勝，而不著重於個別景物的描繪，比如王維所畫的「袁安臥雪圖」，雪中竟有芭蕉，非合理之實境，便可見其畫與詩皆意到便成，重在神會，難以形求。[註59]

詩、畫兩種密切相關的藝術，王維既都稱善，則其卓越的繪畫本領，必可與詩歌的創作手法互相體會啟發，劉士鏻〈文致〉說：

> 晁補之云，右丞妙於詩，故畫意有餘。余謂右丞精於畫，故詩態轉工。鍾伯敬有云，畫者有煙雲養其胸中，此是性情文章之助。[註60]

其論謂王維做為一個畫家，胸臆中長期蘊釀的山水煙雲思維，有助於涵養描寫天地自然所需的物我交流的細膩情感，因而得以揮就意境渾然天成的山水田園詩歌。錢鍾書〈中國詩與中國畫〉亦點出「神韻」為王維詩、畫共有的特色：

> 恰巧南宗畫的創始者王摩詰，同時也是神韻派的祖師。他自己的畫跟他自己的詩，作風可以說是完全一樣。詩、畫是孿生姊妹，這句話於他最切。[註61]

王維的山水畫與自然詩的風格互通，其詩中脫俗的畫意表現，多由山川雲月領略而得，因此以上有關王維山水畫筆造詣的分析，有助於本節王維詩中畫意經營的探討。

本章第一節曾提及，王維本性愛好山水，對大自然觀察細微，如此基礎使其不論使用何種藝術媒介抒情，都自然而然地對山水主題情有獨鍾，因此繪畫方面他點染出靈動的山水神韻，在詩歌方面，也以文字譜出了美山勝水的自然生機。由於其山水畫的技法卓越，因之詩

〔註58〕見清・趙殿成注：《王右丞集箋注》，附錄。
〔註59〕參見宋・沈括：《夢溪筆談》，《學津討原》，第 1 冊，第 17 卷，第 452 頁。
〔註60〕引見清・趙殿成注：《王右丞集箋注》，附錄「詩評」。
〔註61〕錢鍾書：〈中國詩與中國畫〉，《文學研究叢編》，第 1 輯，第 81 頁。

中畫意十分鮮活，得以精妙呈現情景交融的意境，成功抒寫恬適之情。即以輞川諸作爲例，欣賞王維將繪畫的空間感轉移爲詩歌的時間感的駕馭能力。

　　王維晚年隱居之地輞川，風景奇美。王維曾依二十遊止美景，〔註62〕繪成一幅著名的「輞川別墅圖」，〔註63〕其《輞川集》廿首詩，則改以文字形容這些如畫美景。由於王維高度的構思技巧，以及次序井的描述，使這二十首五絕分開來看都可以是一幅幅精緻的畫面，集結又成一幅和諧的全景，與壁畫或卷狀的「輞川圖」輝映成趣。

　　文字的描述必有先後，無法如畫作一般同時呈現所有景物，因而依景寫詩時，便須將眼前景象的空間感，轉化爲詩中依序鋪排景物的時間感；而能否藉由文字的時間感以營造整體諧和且意境自現的視覺效果，遂成爲詩歌寫景成功與否的關鍵，而王維可謂此技之能手，如其〈木蘭柴〉一詩，即是將空間效果轉以時間模式表達的佳例：

　　　　秋山斂餘照，飛鳥逐前侶。彩翠時分明，夕嵐無處所。

黃昏秋色中的木蘭柴，顯得絢麗而紛忙。火紅的夕陽已漸爲山色斂盡，林間翠色並未因日暮而褪淡；天邊歸飛的群鳥急急展翅穿越殘陽，唯有輞谷緩升的夕嵐仍四處飄蕩，似無居所。這一連串的動態景物，在讀者腦海中產生了接續不輟的視覺效果，映現成一段生動的影像。這幅動態圖景中，刻意突顯了夕嵐的孤單無依，即此巧妙地流露了詩人內心的彷徨之情。〔註64〕

〔註62〕王維：《輞川集》序中說：「餘別業在輞川山谷，其遊止有孟城、華子岡、文杏館、斤竹嶺、鹿柴、茱萸沜、宮槐陌、臨湖亭、南垞、欹湖、柳浪、欒家瀨、金屑泉、白石灘、北垞、竹裏館、辛夷塢、漆園、椒園等。」

〔註63〕宋·不著撰人：《宣和畫譜》云：「至其卜居輞川，亦在圖畫中，是其胸次所存，無適而不瀟灑，移志之於畫，過人宜矣。」（第10卷，第477頁）

〔註64〕朱淇：〈玉壺冰心論摩詰──輞川詩與中國的田園山水〉一文，說王維作此詩時：「方退隱，心中耿耿，猶無所安。」（《中華文藝》，

又如〈欹湖〉一詩，透過敘事的時間感，交錯出視覺上的遠近感：

　　吹簫凌極浦，日暮送夫君。湖上一迴首，山青卷白雲。

當讀者的視野隨嫻雅的吹簫女相送夫君到了浦口，詩人出乎意料地以悠然迴首的動作，掀起了視覺上的轉折，使原先藏於身後，白雲捲繞青山的鮮明色彩，突現讀者眼前；加上湖水翠碧的前景與水面青山白雲的倒影，則吹簫女送君的旖旎風情遂婉轉盪漾於此鮮麗畫境中，讀者亦悠然心醉。

再如〈皇甫嶽溪雜題〉五首之一的〈鳥鳴澗〉，也是王維膾炙人口的寫景佳篇：

　　人閒桂花落，夜靜春山空。月出驚山鳥，時鳴春澗中。

詩中作者的情感在「閒」一字，而閒情何來？乃因山中春夜靜幽而閒，而空山又有多靜？靜得可以稟心品味桂花自開自落的大地生機，靜得可以使遠近棲眠的山鳥因月光遊移翩臨而驚醒驟啼，王維對自然景物的悉心觀照若此，則依景而生詩情畫意之功力自亦成就非凡。劉逸生等著的〈唐詩的滋味〉亦特讚王維詩之繪畫功能：

　　德國文藝理論家萊辛曾指出：詩長於寫動作而短於繪靜物，畫則相反。……藝術上的高手正在不違反規律的情況下，擅於揚長避短……王維的許多山水詩就體現了這種高超的藝術功力。〔註65〕

詩歌的文字符號本不利於摩繪靜景，王維便特意以花「落」、月「出」、鳥「驚」、鳥「鳴」，及春澗的奔洩與轟響等動態著筆，反襯出整個畫面的格外幽寧，正如釋惠洪〈冷齋夜話〉第五卷所說，是「動中見靜意」，〔註66〕以更顯出春山的空靈幽靜，與王維心中的閒情靜趣。

王維以輞川景致為視野所寫的〈田園樂〉七首，也是畫意經營的

　　1983年，第1期，第120頁）

〔註65〕劉逸生等：〈唐詩的滋味〉（臺北：丹青出版社，1982年版），第41至42頁。

〔註66〕見《詩話叢刊》（臺北：弘道出版社，1971年版），下冊，第1654頁。

佳作，如第五首：

　　　　山下孤煙遠村，天邊獨樹高原。一瓢顏回陋巷，五柳對門。

明人董其昌對於此詩前二句極爲欣賞，認爲：「非右丞工於畫道，不
能得此語。」〔註67〕遠望山下，只見一縷孤煙獨起村落之上；別望高
原接天處，唯見孤木獨樹。這幅畫雖僅寥寥數筆，卻鮮明突顯出高遠、
孤獨的主題意象，也恰如其份地爲詩人有意效法顏回、陶淵明安貧樂
道的情懷，做了最佳舖陳。

　　王維有許多描寫離情別意的詩作，也藉著畫意的經營來抒情，
如：

　　〈送梓州李使君〉

　　　萬壑樹參天，千山響杜鵑。山中一半，〔註68〕樹杪百重泉。

　　　漢女輸橦布，巴人訟芋田。文翁翻教授，不敢倚先賢。

這首詩的前兩聯，是一幅山間雨後的晨景圖，「萬」壑、「千」山及雨
後的「百」重泉相互呼應，將重峰疊嶺的山勢，描繪得淋漓盡致；蓊
鬱潤澤，間綴著泣血的杜鵑，恰也點明瞭畫中的別情。明人徐世溥《榆
溪詩話》評此詩前四句說：

　　　輕妙渾然，怎讀之，初不覺連用山樹字也。於參天之杪想
　　　百重泉，於百重泉知一夜雨，則所謂千山杜鵑者，政響於
　　　夜雨之後，百重泉之間耳，妙處豈復畫師之所能到？前身
　　　畫師故是。〔註69〕

這首詩並不以傷感取勝，後半首除寫當地風土民情外，僅以重教化的
文翁與使君相勉，因此首聯、頷聯中的畫意並不在渲染蕭索淒哀，只

〔註67〕明·董其昌：《畫禪室隨筆》（臺北，廣文書局，1977 年版），第 2 卷，
　　　　第 64 頁。

〔註68〕清·趙殿成注：《王右丞集箋注》在此依《文苑英華》作「半」，並
　　　　引錢牧齋語云：「蓋送行之詩，言其風土，深山冥晦，晴雨相半，故
　　　　曰一半雨。」（第 108 頁）；但清·高步瀛卻認爲：「一半雨著力，且
　　　　不佳，蓋後人妄改，錢說斷不可從。」（《唐宋詩舉要》，第 4 卷，第
　　　　429 頁），茲以高說爲是。

〔註69〕明·徐世溥：《榆溪詩話》，《叢書集成》，第 570 冊，第 23 頁。

以清麗的色調及空山中的鵑啼，構成一幅臨別祝福的有聲圖畫。

以畫意見離情者另有〈送別〉（又名〈送綦母潛落第還鄉〉），雖然詩中景致著墨不多，但「遠樹帶行客，孤城當落暉」二語，卻細緻融合了離別時刻的眼前景與心中情，〈清軒詩緝〉說：

> 右丞「遠樹帶行客，孤城當落暉」帶字、當字極佳，非得
> 畫中三昧者，不能下此二字。〔註70〕

遠方林樹帶走了遠行的朋友，孤城此時恰在夕陽餘暉之中，璀燦的彩霞益發烘托遠行者的孤單。由於綦母潛是失意還鄉，因此王維送行亦憐惜滿懷，此落寞晚景正表露了彼此的沉重心情。

王維山水畫與寫景詩技巧的精湛結合，常使山光與水色相得益彰，如〈漢江臨汎〉：

> 楚塞三湘接，荊門九脈通。江流天地外，山色有無中。
> 郡邑浮前浦，波瀾動遠空。襄陽好風日，留醉與山翁。

這首詩是寫在襄陽城上眺漢水的壯麗遠景。中間四句，最富氣勢：奔騰的漢江水向天地之外去，江外遠山在煙波浩渺中若隱若現；浦口水面浮映都城的倒影，壯闊的波濤在遠空下騰湧，此四句有力刻畫出江濤的氣勢。明人王世貞《弇州山人四部稿》稱此詩中「江流天地外，山色有無中。」兩句，「是詩家極俊語，卻入畫三昧」；〔註71〕劉維崇《王維評傳》也說這首詩：

> 有賓有主，有遠有近，有明有暗，頗合丹青之法。詩中：「江
> 流天地外，山色有無中。」兩句，最富畫意。〔註72〕

如此壯麗如畫的「襄陽好風日」裡，詩人心情如何呢？還是留與山簡公同醉吧！末句點出登臨遠眺所感，氣概瀟灑舒脫，正是他透過上述雄偉的畫意，所欲抒發的情懷。

山水之外，王維詩中的大漠風光亦時有優異的畫意經營表現，茲以王維著名的邊塞詩〈使至塞上〉為例分析之：

〔註70〕清・趙殿成：《王右丞集箋注》附錄「詩評」。
〔註71〕明・王世貞：《弇州山人四部稿》（臺北：偉文書局，1976年版）。
〔註72〕劉維崇：《王維評傳》，第173頁。

單車欲問邊，屬國過居延。征蓬出漢塞，歸雁入胡天。

大漠孤煙直，長河落日圓。蕭關逢候騎，都護在燕然。

首聯領出出塞的原因及出使的地點。〔註73〕頷聯在塞上風景出現之前，先預說出塞的情緒狀況；雖與雁行同行同向，但雁群是歸「入」北方（節候已暖），自己的征蓬卻是「出」向塞外，惆悵之情顯見，再加上首句強調的「單」車，便更加重客意的蕭條。全詩到此，正蓄足氣勢，全力挺出以下兩句：「大漠孤煙直，長河落日圓」的塞上景色。望去千里，盡是大漠長河，只有一道孤煙，連雲直上；一輪火紅，接水而圓。大漠蒼涼，盡收此聯中。末尾一聯承接首聯，以旅程終點作結。

此詩最精采處莫過於「大漠孤煙直，長河落日圓」二句，趙殿成《王右丞集箋注》云：

> 或謂邊外多迴風，其風迅急，裊煙沙而直上，親見其景者，始知直字之佳。

明人李攀龍輯選、日人森大來評釋的《唐詩選評釋》評此詩云：

> 五六即寫此蒼茫無極，令人神遠，雖畫工名手，豈能逼真如是乎？……摩詰詩中有畫，今人往往就幽細雅淡者求之，不知他固自有雄偉蒼健如此篇者。……種種寫景之語，雖然神妙自然之致，竊謂未有駕於煙直日圓之上者。〔註74〕

在這幅遼闊而單調的塞上風景畫中，群雁、孤煙與望不盡的大漠，將落日中獨行征蓬襯顯得強烈而孤寂，而王維出使塞上的落寞心境，也盡現於此畫意中。此外，本章第一節曾提及王維的邊塞詩風格沈靜淡然，與其他邊塞詩人強調奔騰雄渾的作法大相逕庭，在本詩中可再度得到印證，同樣寫塞上風光，岑參以「輪臺九月風夜吼，一川碎石大如鬥，隨風滿地石亂走」（〈走馬川行奉送出師西征〉）寫得驚心動魄，高適以「山川蕭條極邊土，胡騎憑陵雜風雨」（〈燕歌行〉）寫得征戰

〔註73〕據清・趙殿成：《右丞年譜》，此詩作於開元廿五年（王維卅七歲，西元737年）王維時任監察御史，在河酒節度幕中。

〔註74〕明・李攀龍輯選，日人森大來評釋：《唐詩選評釋》（臺北：河洛出版社，1974年版），第3卷，第106頁。

淒壯；相形之下，王維的「征蓬出漢塞，歸雁入胡天。大漠孤煙直，
長河落日圓」便顯得舒緩清淡多了，這是因為王維心中情感傾向淡泊
悠然，所以在藉景致畫意以抒情時，也隨之選擇了較能配合心境的清
淡背景。

　　王維藉畫趣的描寫以抒情的詩作很多，他之所以被稱為山水田園
詩人，這也是一大因素。除了上述諸例外；另如〈送元二使安西〉絕
句，曾被李伯時據以舖畫成陽關曲圖，〔註75〕詩之極富畫意可知；又
有〈鷰子龕禪師〉一詩，畫意雄奇蒼鬱，風格突出；而如：

　　　落花寂寂啼山鳥，楊柳青青渡水人。(〈寒食汜上作〉)

　　　行到水窮處，坐看雲起時。(〈歸嵩山作〉)

　　　白雲廻望合，青靄入看無。(〈終南山〉)

三首，則曾為《宣和畫譜》評為：「其句法，皆所畫也。」〔註76〕此
外如：

　　　千里橫黛色，數峰出雲間。(〈崔濮陽兄弟季重前山興〉)

　　　漣漪涵白沙，素鮪如遊空。(〈納涼〉)

　　　水驚波兮翠菅靡，白鷺忽兮翻飛。(〈送友人歸山歌〉之二)

　　　秋天萬裡淨，日暮澄江空。(〈送綦母校書棄官還江東〉)

　　　瀑布松杉常帶雨，夕陽彩翠忽成嵐。(〈送方尊師歸嵩山〉)

等句，也都極富畫趣。無論在詩中在畫中，王維對景物的繪寫，都有
傑出的表現，誠如《宣和畫譜》所評，正是「天機所到」：

　　　觀其思致高遠，初未見丹青時，時篇中已自有畫意，由是
　　　知維之畫，出於天性，不必以畫拘，蓋生而知之者。〔註77〕

而所謂的「天機」，「思致高遠」，其實與王維的沈靜性情、澄明心境

〔註75〕宋・胡仔：《苕溪漁隱叢話》云：「復齊漫錄雲：送元二使安西絕句
　　　　雲：『渭城朝雨浥輕塵，客舍青青柳色新。勸君更進一杯酒，西出陽
　　　　關無故人。』李伯時取以為畫，謂之陽關圖，予嘗以為失。……據
　　　　其所畫，當謂之渭城圖可也。」(後集，第9卷)

〔註76〕《宣和畫譜》，第10卷，第477頁。

〔註77〕《宣和畫譜》，第10卷，第477頁。

有密切關聯，因爲性格清淡，所以他愛富有生機的大自然，以細微的心思觀察世間景物，也因而在藝術創作上偏愛以畫意來抒發感懷，不論是繪畫或詩歌，都有極爲豐富而成功的寫景表現。

　　據前所析，王維詩中的畫意絕非空泛的景色描寫，而是有眞切濃重的情感蘊積景底，暗自流淌，如：「悠然遠山暮，獨向白雲歸。菱蔓弱難定，楊花輕易飛」（〈歸輞川作〉），是爲抒發人醉我醒的悵然，也流露重返官職與否的徬徨；「天寒遠山淨，日暮長何急」（〈齊州送祖三〉），蘊含沈重的離意傷情等等，皆可爲例。

　　出色而適切情境的景致刻畫，將詩中情懷映襯得更爲鮮明具體，因此，藉著山水畫意的經營，王維的詩歌達到了深刻動人的抒情效果。

第四節　饒富禪趣

　　王維的山水田園詩，除了有鮮活的畫意經營之外，更由於饒富禪趣，而有含蓄不盡的深意。〔註78〕尤其晚年時期的許多五絕、五律作品，由於境遇造成心境的轉變，筆致愈趨清遠淡雅，所描寫的山水景致，特別能表現空靈的意境與雋永的禪趣。〔註79〕

　　王維以禪趣入詩，應從他篤信佛教、精曉禪理說起，而他之所以信佛，又與時代、家庭等背景有關。

　　佛教自從東漢傳入中國，到了隨唐，由於有帝王的崇尚鼓勵，〔註80〕佛經的翻譯、佛寺的興建等得以迅速發展，因此信徒甚眾，

〔註78〕王邦雄：〈禪宗理趣與道家意境──陶淵明與王維田園詩境的比較〉一文中說：「王維的山水田園，由禪宗顯。」（《鵝湖》月刊，1984年，第10卷，第1期，第16頁）

〔註79〕劉維崇：《王維評傳》說：「研究王維詩若不依禪宗，則得不到其精髓。」（第168頁）

〔註80〕唐高祖、太宗、高宗、武后、中宗、睿宗、玄宗諸帝均奉佛法，代宗尤甚；後憲宗、穆宗、敬宗、文宗等亦循例佛事。至武宗時則發生會昌法難，下詔毀佛。詳見湯用彤：《隋唐佛教史稿》（臺北：木

佛教本身亦於此時廣爲開宗立派，[註81] 隋唐因而成爲中國佛教的全盛時期。[註82] 在各宗派中，又以「不立文字，教外別傳」[註83] 的禪宗，對中國的學問思辨、文學創作影響最深。

　　「禪」是梵語「禪那」的略稱，舊譯爲「思惟修」，是「思惟所對之境，而研習之之義」；所譯爲「靜慮」，是「心體寂靜，能審慮之義」[註84] 禪宗相傳起源於靈山會上，釋迦牟尼拈花示眾，不發一語，唯大弟子迦葉會心微笑的故事，[註85] 藉著一朵花與一抹微笑間的心領神會，佛祖將其「微妙法門」付囑於摩訶迦葉，這便是禪宗傳心的起源。其後祖祖相傳，至菩提達摩，於南朝時東來中國，[註86] 爲中國禪宗的初祖。達摩後，經慧可、僧璨、道信、弘忍、至弘忍門下的六祖慧能與神秀，分別發展爲南北二宗，宗風大盛，天下流行。

　　王維母親崔氏即禪宗北宗的信徒，王維〈請施莊爲寺表〉中曾說：

　　臣之母故博陵縣君崔氏，師事大照禪師三十餘歲，褐衣蔬
　　食，持戒安禪。

大照爲神秀弟子的諡號，[註87] 屬北宗。王維受母親的影響，與北宗關係密切，後則轉習南宗。他在〈大薦福寺大德道光禪師塔銘〉中說，

　　　　鐸出版社，1983 年版)，第 1 章，第 2 節。

〔註81〕參見褚伯思：《禪宗學與禪宗》(臺北：獅子吼雜誌社，1971 年版)，
　　　　第 4 頁。

〔註82〕參見黃懺華：《中國佛教史》(臺北：普門精舍，1960 年版)，第 165
　　　　頁。

〔註83〕見明・瞿汝稷編：《指月錄》(臺北：眞善美出版社，1968 年版)，第
　　　　1 卷，第 93 頁。

〔註84〕據《佛學大辭典》(臺北：啟明書局，1960 年版)

〔註85〕明・瞿汝稷：《指月錄》載：「世尊」(釋迦佛) 在靈山會上，拈花示
　　　　眾。是時眾皆默然，唯迦葉尊者破顏微笑。世尊曰：『吾有正眼法藏，
　　　　　槃妙心，實相無相，微妙法門，不立文字，教外別傳。』付囑摩
　　　　訶迦葉。」(第 1 卷，第 93 頁)

〔註86〕羅香林：《曹溪南華寺考記》認爲：「達摩入華，至晚不能後於齊建
　　　　武三年 (西元 496 年)。」(《中山大學文史研究所月刊》，第 1 卷，
　　　　第 4 期)

〔註87〕參見杜松柏：《禪學與唐宋詩學》(臺北，黎明公司，1976 年版)，第
　　　　1 章，第 34 頁。

其師道光禪師曾得五臺山寶鑑禪師的「密授頓教」：

> 遇五臺寶鑑禪師，曰：「吾周行天下，未有如爾可教。」遂密受頓教。

「頓教」即禪宗的南宗，因修習方式主要特徵在強調頓悟而得名。〔註88〕所謂「頓悟」就是「修持方面」就是超越一切過程，當下有所契會，這就是禪境。王維為南宗慧能祖師所撰的碑銘，亦為時人所重，序中說：

> 既而道德遍覆，名聲普聞，泉館卉服之人，去聖歷劫，塗身穿耳之國，航海窮年，皆願拭目於龍象之姿，忘身於鯨鯢之口；駢立於戶外，趺坐於牀前。

可見慧能禪師的德音，當時不僅遍及中土，更遠播印度南洋等地。

王維晚年虔誠奉佛，《舊唐書‧本傳》記傳：

> 維兄弟俱奉佛，居常蔬食，不茹葷血，晚年長齊，不衣文綵。……在京師日飯十數名僧，以玄談為樂。齊中無所有，唯茶鐺、藥臼、經案、繩床而已。退朝之後，焚香獨坐，以禪誦為事。

王維的字「摩詰」，也含有宗教意味，是從「維摩羅詰（或稱維摩詰）居士」之名而來，〔註89〕意為清淨無垢。同時在許多王維詩中，也透了信佛後的思想及生活。如：

> 山中多法侶，禪誦自為群。（〈山中寄諸弟妹〉）

> 晚知清淨理，日與人群疏。（〈飯覆釜山僧〉）

> 誓從斷葷血，不復嬰世綱。……一心在法要，願從無生獎。
> （〈謁璿上人〉）

> 香飯青菰米，嘉蔬綠芋羹。誓陪清梵末，端坐學無生。（〈遊感化寺〉）

〔註88〕清‧趙殿成注：《王右丞集箋注》云：「釋名有頓教、漸教二門。宗鏡錄云：『頓教如華嚴，無聲聞乘，故名為頓。……』」。

〔註89〕據《佛學大辭典》「維摩詰」條：「菩薩名，略云維摩，其義為淨名。淨者清淨無垢之謂，名者名聲遠佈之謂。唐詩人王維字摩詰，即以此菩薩之名為其名字也。」

身逐因緣法，心過次第禪。（〈過盧員外宅看飯僧共題〉）

緣合妄相有，性空無所親。（〈山中示弟等〉）

可知佛教對王維的影響之深，金聖歎也曾因此依禪宗理論王維詩，如「草間蛩響臨秋急，山裡蟬聲薄暮悲。寂寞柴門人不到，空林獨與白雲期。」（〈早秋山中作〉）金聖歎評云：

……歲已秋，日已暮，舉二反三，殆是百年亦復垂垂將盡也。空林白雲者，人但無心便是同期，非定欲絕人遠去也。
〔註90〕

王維誠篤奉佛，精熟禪學佛理，加上他性情向清淡恬靜，且生活在清幽的山林桃源中，對禪境的體會必有獨到處，因此，詩中深蘊禪趣天機便成為王維在盛唐詩壇中十分突出的特色。杜松柏在為第一屆中韓文學會議而作的〈唐宋詩中的禪趣〉一文中，也認為王維的作品可做為禪學影響唐詩的代表，他說：

於是詩得禪助，深宏了詩之內容，提高詩的意境，增益詩的表現方法，王維是最明顯的子之一。〔註91〕

王熙元〈王維詩中的禪趣〉一文也認為，唐代眾多融禪入詩的詩人中，「以王維與佛教的因緣最深，詩中禪理甚高，禪趣極濃。」〔註92〕清人趙殿成為《王右丞集箋注》作序時亦曾說：

唯右丞通於禪理，故語無背觸，甜徹中邊。〔註93〕

尤其王維的禪趣詩多不用佛家語，〔註94〕題材也只是平凡的山水花

〔註90〕清・金聖歎選批：《聖歎選批唐才子詩》（嘉義：建國書局，1956 年版），第 3 卷上，第 107 頁。

〔註91〕杜松柏：〈唐宋詩中的禪趣〉，《新生報》，副刊，1979 年 7 月 24 至 27 日；亦載於《海潮音》（1979 年版），第 60 卷，第 8 期；後收於杜《禪與詩》附錄（臺北：弘道文化公司，1980 年版）。

〔註92〕見《古典文學散論》（臺北：學生書局，1987 年版），第 155 頁。

〔註93〕（臺北：中華書局，1985 年版），「序」第 8 頁

〔註94〕以佛家語、禪典為題材而入詩的，可別為「禪典詩」一類，本文第三章第三節中另有探討；而「狀物明理，托物起興，以有限見無限，著跡如見者」是為「禪趣詩」。說法參見杜松柏：《禪學與唐宋詩學》，第 4 章，第 300 頁。

鳥，但卻能從中領悟並寄寓人生無限奧義，營構出精深的妙趣，此實其最爲成功之處。

　　一般論述認爲，不用佛語而能營造禪境、饒富禪趣的詩歌，要比字面上運用禪荣理語的詩歌更耐人尋味。如清人紀昀批點方回《瀛奎律髓》第四七卷，釋梵類，評盧綸、鄭谷詩時曾說：「詩欲有禪味，不欲著禪語」；「詩可參禪味，不可作禪語」〔註95〕。舉詩來說，王維的〈終南別業〉便是一首頗受詩評家所激賞的不用禪語而有精妙禪趣的佳篇：〔註96〕

　　　　中歲頗好道，晚家南山陲。興來每獨往，勝事空自如。
　　　　行到水窮處，坐看雲起時。偶然值林叟，談笑無還期。

本章第二節探討王維描寫田園山居生活的詩時，曾說閒情是王維最重要的情懷表達，此詩同樣可見無所牽掛、恬淡適意的居隱意趣。〔註97〕而王維此詩中的閒情，更表現出他在主觀方面，能澄徹意念，無作無欲；在客觀方面，能淡化景色，無執無著，生命一片清明，純然任乎天機。

　　王維清居終南山中，隨興所至，一人行往，所有生命的觸動與體悟亦得於心。水源行盡，便坐看雲起；偶也因遇林間隱叟，而談笑忘返。全詩平淺超逸，如行雲、如流水，而天機自蘊。宋人胡仔《苕溪隱叢話》前集，第十五卷引《後湖集》評〈終南別業〉爲：「此詩造意之妙，至與造物相表裡，豈直詩中有畫哉？觀其詩，知其蟬蛻塵埃之中，浮游萬物之表者也。」清人沈德潛《唐詩別裁集》評之：「行

〔註95〕（臺北：佩文書社，1960 年版），第 5 冊，第 1544、1548 頁。
〔註96〕沈德潛爲虞山釋律然的《息影齊詩鈔》撰序時說：「詩貴有禪理禪趣，不貴有禪語。王右丞詩：『行到水窮處，坐看雲起時。』「松風吹解帶，山月照彈琴。」……皆能悟入上乘。」（按，《歸愚文鈔》中未收此序，引見錢鍾書：〈沈歸愚論理語理趣〉，《談藝錄》，上海：開明書局，1937 年初版，香港：龍門書店，1965 年影印出版，第 264 頁）
〔註97〕清・吳闓生說此詩：「閒適至極，乃有眞味。」（《古今詩範》，臺北：中華書局，1970 年版，第 15 卷，第 5 頁）

無所事，一片化機。末語『無還期』謂不定還期也。」〔註98〕杜松柏則謂此詩是：「拈形而下者以明形而上的載道之作。」〔註99〕王維這種安時順處，隨緣而不執著的閒情，正表現了人與自然融合化爲一體的境界，尤其「行到水窮處，坐看雲起時」二句，寫絕處逢生，十分玄妙，其中「水窮」表示自然界的一切綺麗、繁華都已閱過，「雲起」正是獨享宇宙間一般蒼茫雄渾然莫大的禪趣。王邦雄〈禪宗理趣與道家意境──陶淵明與王維田園詩境的比較〉一文闡釋此二語云：「在最乾枯、最寂寞的時候，也是最豐潤的時候，似乎山河大地，春夏秋冬，鳥獸蟲魚，都顯其究極的眞實，湧現無盡的生機。」禪宗有「眞空」、「頑空」之別，眞空才能生妙有，頑空則毫無生機可言。〔註100〕〈終南別業〉中，「水窮」所表現的正是一種眞空之境，才能生「雲起」的妙有生機。〔註101〕宋、元之際的方回《瀛奎律髓》謂此詩「有一唱三歎不可窮之妙！」（第 839 頁）正是因爲領略了這首詩機趣悠遠、妙絕言詮的深味。

　　王維《輞川集》諸作也是後人評爲天機獨到的佳篇。〔註 102〕

〔註98〕　清・沈德潛：《唐詩別裁集》（臺北：中華書局），第 9 卷，第 140 頁。

〔註99〕　杜松柏：〈唐宋詩中的禪趣〉，《禪與詩》（臺北：中華書局），第 150頁。

〔註100〕　據《佛學大辭典》，所謂「眞空」是：「對於非有之有爲『妙有』，謂非空之空曰『眞空』。是大乘至極之眞空也。」（第 294 頁）「眞空」與「頑空」相對，「頑空」毫無生機。

〔註101〕　清・紀昀評〈終南別業〉曰：「此種皆鎔煉之至，渣滓俱融，涵養之熟，矜躁盡化，而後天機所到，自在流出。……此亦如禪家者流，有眞空、頑空之別，論詩者不可不辨。」又說：「此詩之妙，由絢爛之極歸於平淡，然不可以躐等求也。」（清・紀昀批點：《瀛奎律髓》第三冊，第 23 卷，第 839 頁）

〔註102〕　明・胡應麟云：「右丞輞川諸作，卻是自出機軸，名言兩忘，色相俱泯。」（明・胡應麟：《詩藪》，臺北：廣文書局，1973 年版，內編下，絕句，第 362 頁）；清・王士禎云：「唐人五言絕句，往往入禪，有得忘言之妙，與靜名、默然、達磨得髓同一關捩，觀王、裴《輞川集》……雖鈍根初機，亦能頓悟。」（清・王士禎：《帶經堂詩話》，第 3 卷，「佇興類」，《香祖筆記》，臺北：廣文書局，1971 年版）

茲以《輞川集》中最具禪趣代表性的〈鹿柴〉、〈辛夷塢〉二詩爲例，
〔註103〕分析如下：

> 空山不見人，但聞人語響。返景入深林，復照青苔上。(〈鹿
> 柴〉)

> 木末芙蓉花，山中發紅萼。澗戶寂無人，紛紛開且落。(〈辛
> 夷塢〉)

〈鹿柴〉一詩，山中不見人跡，是空、是靜，並且舖展了一片廣闊的
氣象；但聞人語響，卻又是有、是動，則此廣濶之意象，不流於空寂，
而盪漾一股靈氣。由第二句所寄寓的第一句是動中有靜的眞空；第二
句則是靜中有動的妙有。妙有而眞空，眞空而妙有，其中之禪趣無限。
杜松柏說：「夫禪人以動靜兼攝，喧寂一如爲修持之極致。」〔註104〕
「空山不見人，但聞人語響。」的動靜兼攝，正表現了以喧現靜的禪
趣靜境。此二句的幽中之喧，與陶潛「結廬在人境，而無車馬喧。」
的喧中之幽，都可謂得禪中三昧之作。〔註105〕

　　至於末二句中的「返景入深林」則是沉寂，幽闇一片；「復照青
苔上」卻又有無限溫馨亮意；所描繪的正是一種「即空即有，非空非
有」的禪宗中道境界。〔註106〕

　　王維此詩的意境看似淺淡，實則深遠，非有高等悟力，難能通解。
明人李東陽《麓堂詩話》便曾說：

> 詩貴意，意貴遠不貴近，貴淡不貴濃。濃而近者易識，淡

〔註103〕　明・胡應麟：《詩藪》評《鹿柴》、《辛夷塢》二詩云：「右丞卻入禪
　　　　　宗。……讀之身世兩忘，萬念俱寂，不謂聲律之中，有此妙詮。」
　　　　　（內編下，絕句，第362頁）

〔註104〕　杜松柏：《禪學與唐宋詩學》，第336頁。

〔註105〕　唐・汝詢：《唐詩解》評云：「不見人，幽矣；聞人語，則非寂滅也。……
　　　　　如『結廬在人境，而無車馬喧』，喧中之幽也；『空山不見人，但聞
　　　　　人語響』，幽中之喧也，如此變化，方入三昧。」（引見《唐詩三百
　　　　　首詩話薈編》，下冊，第361頁。）

〔註106〕　禪宗有「空、中、有」三關，此二詩句正是表現中道階段的境界。
　　　　　其說參見陳榮波：〈禪宗對唐宋詩的影響一文〉，《藝壇》，1984年，
　　　　　第192期，第24頁。

而遠者難知，如……王摩詰「返景入深林，復照莓（（按四
庫本作青）苔上。）皆淡而愈濃，近而愈遠，可與知者道，
難與俗人言。〔註107〕

正如參禪的不藉有形文字，貴在心靈妙悟般，〈鹿柴〉一詩的佳處也
不在語言，唯有以心領、以神會，才能悟得此詩在平凡句中透顯的空
靈禪趣。〔註108〕

　　再說〈辛夷塢〉一詩，空山無人的澗戶，表空寂境界。但空寂中，
猶有芙蓉花的生發紅萼，且開落紛紛。以芙蓉開落與澗戶無人相並比，
透顯了不息的生機，如此即空即有，非空非有，是為真空妙有，機化
而不已。劉辰翁須溪校本《王右丞集》則評此詩說：「其意亦欲不著一
字，漸可語禪。」（第四卷）不著一禪字理語，而奧義深蘊其中，正是
王維這類饒富禪趣的短詩，能於盛唐絕句中獨樹一格的最重要的原因。

　　〈鳥鳴澗〉也是一首蘊涵真空妙有禪境的好詩，「人閒桂花落，
夜靜春山空」，寫空山靜寂中，桂花的自開自落；「月出驚山鳥，時
鳴春澗中。」更是空寂中盎然的生機躍動；所表現的主題，與〈鹿
柴〉同為幽中之喧，與〈辛夷塢〉同是靜中之動。如此動靜兼攝，
以見真空妙有的主題，實為王維禪趣詩最大的特色。又如曾被蘇軾
評為「詩中有畫」的〈山中〉一詩：「溪清白石出，天寒紅葉稀。」
二句有象窮道現、體由用顯的深義；「山路元無，雨空翠濕人衣。」
則是一種道無形質，卻可感而知的體會，〔註109〕也頗富禪味與「天
趣」。〔註110〕此外，同蘊禪趣之詩尚有：

　　聲喧亂石中，色靜深松裡。（〈青谿〉）

〔註107〕　明・李東陽：《麓堂詩話》，《詩話叢刊》，下冊，第1008頁。
〔註108〕　清・王士禎：《師友詩傳續錄》評王維〈鹿柴〉、〈木蘭柴〉等絕句
　　　　　曰：「如參曹洞禪不犯正位，須參活句。然鈍根人學渠不得。」（《清
　　　　　詩話》，上冊，第5頁）；清・沈德潛亦有類似之評說。（《唐詩別裁
　　　　　集》，第19卷，第251頁）
〔註109〕　參見杜松柏：《禪學與唐宋詩學》，第四章，第336頁。
〔註110〕　語出宋・釋惠洪：《冷齋夜話》，《詩話叢刊》，下冊，第4卷，第1642
　　　　　頁。

　　泉聲咽泉石，日色冷青松。(〈過香積寺〉)

　　夜靜群動息，蟋蟀聲悠悠。(〈秋夜獨坐獨內弟崔興宗〉)

　　穀靜惟松響，山深無鳥聲。(〈遊感化寺〉)

　　雨中山果落，燈下草蟲鳴。(〈秋夜獨坐〉)

　　明月松間照，清泉石上流。(〈山居秋暝〉)

這些詩句都饒富動中見靜或是靜中有動的禪趣，使所繪景致更富深意，耐人尋味。〔註111〕

　　王維的禪趣詩多以短小的五絕或五律型式所寫成，而且所素描的自然景色多尋常可見，令人親切如置身其間。王維擅於以此平實情景，織構深邃、空靈之禪境，以透顯宇宙無限生機，呈現造物者的非凡神奇。王維此詩歌特色固然是來自佛教禪宗的影響，然若非其個人對生命萬物有獨到的深切體會，並妙得禪宗「頓悟」的無上法門，亦難如此信手拈來，使山石花鳥具有禪味。凡此以禪趣的情調抒情寫志，使王維詩在閒適優雅之外，更蘊涵靈透的機趣與渾厚的哲理。

第五節　關懷社會

　　王維反映社會疾苦的詩作較少引起注意，這一方面是因為社會關懷的主題在王維詩中並非最出色或最重要的作品，一方面則因為王維的人生境遇、思想背景、生活環境等與民生的接觸亦不及杜甫、白居易、元稹等諷諭詩人之廣泛而深入。唐代政治約在唐玄宗天寶年間開始動搖衰敗，如李白〈古風〉十四、廿四、卅四等篇及杜甫〈兵車行〉等詩所描寫的，都是天寶以後的唐代社會狀況，而此時王維的思想與生活已受佛教等因素的影響而漸疏塵世，半隱山林，心境也日趨閒適

〔註111〕　上列例詩中之「雨中山果落，燈下草蟲鳴」(〈秋夜獨坐〉)與「明月松間照，清泉石上流」(〈山居秋暝〉)，清・王士禎評曰：「妙諦微言，與世尊拈花，迦葉微笑，等無差別。」(《帶經堂詩話》，第3卷)

淡逸，因此所吟詠的詩篇以自然景物的刻劃爲主，而較少社會現象的描寫。（詳見本章第一節）

　　王維一生以順境爲多，安史之亂中雖受委曲，然未如杜甫般身遭妻離子喪之痛，況且亂後不久即恢復安適。然而，王維也並非全然漠視當日的政治社會動亂，在不少作品中，王維仍表露了對民情的關懷，並以諷刺手法揭露了朝中及民間的畸形現象，其所表露的社會關懷，主要集中於兩大問題：一是權貴奢縱；二是征戰疾苦。

　　王維對於權貴淫奢的諷刺頗多，如〈西施詠〉一詩，表面寫「君寵益嬌態」的古代美女西施，實則暗寄諷諭：

> 艷色天下重，西施寧久微？朝爲越溪女，暮作吳宮妃。賤日豈殊眾，貴來方悟稀邀人傅脂粉，不自著羅衣。君寵益嬌態，君憐借是非。當時浣沙伴，莫得同車歸。持謝鄰家子，效顰安可希？

此詩以反諷的角度描述吳越時西施得夫差寵溺的故事。當西施只是個浣紗女時，與一般女子何異？然其一旦爲吳王所喜愛，便恃寵而驕，分寸不明了。清人吳喬《圍爐詩話》認爲這首詩在詠西施的背後，未嘗不是意存諷刺地暗指當日朝中的得勢小人，他說：

> 唐人詩意不必在題中，如右丞〈息夫人怨〉雲：「莫以今時寵，能忘舊日恩。看花滿眼淚，不共楚王言。」使無稗說載其爲寧王奪餅師妻作，後人何從知之？可見〈西施〉篇之「賤日豈殊眾，貴來方悟稀。邀人傅香粉，不自著羅衣。君寵益嬌（按四庫本作「驕」）態，君憐無是非。」當是爲李林甫、楊國忠、韋堅、王鉷輩而作。〔註112〕

沈德潛則認爲此篇是以美人比賢士，寓君子不遇之意，他說：

> 寫盡炎涼人眼界，不爲題縛，乃臻斯旨。入後人手，徵引故實而已。〔註113〕

不論是隱諷朝中權貴或暗憐才士的不得志，此詩都在字面之外留存了

〔註112〕 清・吳喬：《圍爐詩話》，上冊，第1卷，第68頁。
〔註113〕 清・沈德潛：《唐詩別裁集》，第1卷，第14頁。

令人省思的空間，餘味深長。〔註114〕尤其此詩雖意在諷刺，然筆法含蓄，免直言道破，捨咄咄逼人，此即中國詩歌溫柔敦厚之傳統諷諭基調。〔註115〕

〈洛陽女兒行〉也是一首以女性爲題材而暗寓托諷的作品。全詩舖敘一位洛陽女兒及其夫婿的豪奢生活與驕縱態度，十分寫實：「良人玉勒乘驄馬，侍女金盤膾鯉魚。……狂夫富貴在青春，意氣驕奢劇季倫。」字面上雖只見王維客觀而鮮活的刻劃，但言外對洛陽富奢人家的諷意則明於人心，吳闓生《古今詩範》說：「借此以刺譏豪貴，意在言外，故妙。」〔註116〕結尾則突以「誰憐越女顏如玉？貧賤江頭自浣紗。」二問語作結，不僅點明瞭本詩的立意主旨所在，更以強有力的反問語氣，提出了貧富差距懸殊的社會問題，以及好人才難出頭的不平現象，〔註117〕引人深思。

此外，如〈偶然作〉六首之五：「趙女彈箜篌，復能邯鄲舞。夫婿輕薄兒，鬥雞事齊主。……客舍有儒生，昂藏出鄒魯。讀書三十年，腰下無尺組。」也同樣以權貴奢豪、賢才不遇的對比來反映社會現象，清人陳沆《詩比興箋》謂此詩意在：「刺雞神童之寵倖」〔註118〕而賢才之遭時遺棄則又與〈洛陽女兒行〉同旨。又如〈寓言〉二首之一：「驪駒從白馬，出入銅龍門。問爾何功德，多承明主恩。」等詩寫盡豪門子弟的奢縱與不學，諷意亦極深刻。

〔註114〕　宋・劉辰翁：《須溪評校王摩詰詩集》，第六卷評此詩說：「語有諷味，似淺實深。」
〔註115〕　清・趙殿成注此詩云：「『賤日豈殊眾』二言，古今亟稱佳句。然愚意以爲不及『君寵益驕態』二言爲尤工。四言之義俱屬慨詞，然出之以沖和之筆，遂不覺澒汎乎爲入耳之音，誠有合於風人之旨也哉？」（《王右丞集箋注》，第5卷）
〔註116〕　清・吳闓生：《古今詩範》，第8卷，第88頁。
〔註117〕　清・沈德潛評〈洛陽女兒行〉曰：「結意況君子不遇也，與〈西施詠〉同一寄託。」（《唐詩別裁集》，第5卷，第81頁）
〔註118〕　清・陳沆：《詩比興箋》（臺北：樂天出版社，1970年版），第127頁。

　　唐代君主好大喜功，征吐番、征南詔，兵禍不息，百姓受調征戰，苦不堪言。王維詩對此民情亦多所關照，如以下四首〈少年行〉即微妙點出征人對苦戰邊庭意義何在的反省。

> 新豐美酒鬥十千，鹹陽遊俠多少年。相逢意氣爲君飲，繫馬高樓垂柳邊。
>
> 出身仕漢羽林郎，初隨驃騎戰漁陽。孰知不向邊庭苦，縱死猶聞俠骨香。
>
> 一身能擘兩彫弧，虜騎千里只似無。偏坐金鞍調白羽，紛紛射殺五單於。
>
> 漢家君臣歡宴終，高議雲臺論戰功。天子臨軒賜侯印，將軍佩出明光宮。

這位少年遊俠意風發，英勇效國。誰知到了邊陲，卻見無數勇士的性命輕賤湮沒於戰場，他們獻身所效忠的君王甚至未曾體恤聞問；而待奮勇戰勝歸來，得佩功勳者誰？卻唯有將軍，「孰知不向邊庭苦，縱死猶聞俠骨香」，感慨何其深重。《唐詩選評釋》中，日人森大來評釋李攀龍所選此詩時說：

> 唐時邊庭之事，不忍復言，如山白骨，橫臥沙場，其姓氏籍無聞，只上將冒功濫賞耳。故發爲詩人之詞者，關於此點，無不致憤惋焉。摩詰〈少年行〉借輕俠少年之感臆，而曲諷此意。夫少年之性，極喜勇往，故其初出身，而爲羽林郎，歸於驃騎將軍之部伍，而出戰漁陽也。自以爲功名垂手可得，然邊庭之實際，大有出於意料之外者，苦戰殊死之士，乃終湮沒無聞者，不可屈指數，至是寧不翻然自悔乎？三四即其悔時之語。言少年俠骨縱然死於市井閭巷之間，猶足垂芳名於千載，豈不勝於彼之苦戰邊廷，作無名之鬼乎？出身從軍之際，實不想到此點，自貽伊戚亦可悲矣。〔註119〕

〔註119〕　明・李攀龍編選、日人森大來評釋：《唐詩選評釋》（臺北：河洛圖書出版社，1974年版），第 8 卷，第 629 頁。

此論對〈少年行〉的時代背景、少年遊俠征戰的矛盾心理與可悲之情，分析皆詳盡而貼切。

此外，如〈觀別者〉：「愛子游燕趙，高堂有老親。不行無可養，行去百憂新。」寫出征者不得不辭親赴役的淒切苦痛；〈榆林郡歌〉：「山頭松柏林，山下泉聲傷客心。……黃龍戍上游俠兒，愁逢漢使不相識。」寫久役邊陲的征人思鄉情苦；〈失題〉：「征人去日殷勤囑，歸雁來時數寄書。」寫征人妻子的閨中相思苦；〈羽林騎閨人〉：「出門復映戶，望望青絲騎。行人過欲盡，狂夫終不至。」寫連年征戰，近守京師者征屬尚且備嘗離恨，則遠戍邊境者淒慘可知。王維在這些詩中雖未指明君主好戰之非，然戰爭的無情悲慘卻深蘊字間句裡，諷意自見。

上述諸作中，王維以諷諭、寫實的態度反映當時社會的權貴荒淫及百姓疾苦，關懷民生之情溢於言表。顯見王維詩除在田園山居的生活描寫、畫意的經營、及禪趣的含蘊上有傑出的成就外，亦不乏社會關懷之情。

除了針對權奢、久戰等社會問題提出質疑關懷之外，王維另有〈終南山〉一詩，後人認為或有譏時寓意：

> 太乙近天都，連山到海隅。白雲迴望合，青靄入看無。
> 分野中峰變，陰晴眾壑殊。欲投人處宿，隔水問樵夫。

全詩極力形容終南山之高、遠、闊、深且人稀，後世一說認為詩中的終南山實暗指當時朝廷，而一切對終南山的形容均為對朝政弊端的隱諷，如宋人尤袤《全唐詩話》曾載：

> 或說：維詠〈終南山〉詩，譏時也。詩曰：「太一（按四庫本作乙）近天都，連山接海隅。」言勢焰盤據朝野也。「白雲回（按四庫本作迴）望合，青靄入看無。」言徒有其表也。「分野中峰變，晴陰（按四庫本作陰晴）眾壑殊。」言恩澤偏也。「欲投人處宿，隔水問樵夫。」畏禍深也。〔註120〕

〔註120〕　清·何文煥輯：《歷代詩話》，下冊，第810頁。

但清人何文煥則持相反意見，認為此詩譏時之說實屬附會，他在〈歷代詩話考察〉中說：

> 此等附會大可恨，李鄠侯賦楊柳，蘇長公詠柏，賴明皇神宗不受時相讒，亦幾殆矣。〔註 121〕

另如清人吳喬《圍爐詩話》則對這此兩造之說皆採認可的態度：

> 《古今詩話》云：「王右丞終南詩譏刺時宰。……」（按，說同前引的《全唐詩話》語）余謂看唐詩，常須作此想，方有入處。而山谷又曰：「喜穿鑿者，棄其大旨，而于所遇林泉人物，以為皆有所託，如世間商度隱語，則詩委地矣。」山谷此論，又不可不知也。〔註 122〕

〈終南山〉詩究竟有無譏時寓意？筆者認為見仁見智。若與王維其他有譏諷寓意的詩歌做一比較，則〈終南山〉譏時之說委實有些牽強，因為，如前所論之王維諷諭詩，皆於語氣間或多或少透露作者個人心有不平的觀點與立場，如〈少年行〉：「孰知不向邊庭苦，縱死猶聞俠骨香」與〈西施詠〉：「君憐無是非」等句，雖喻意含蓄，但質疑或褒貶的語感卻十分明確。王維的諷刺詩有時亦藉由正反兩面事件的強烈對照，令褒貶寓意自現，如〈洛陽女兒行〉以奢華的洛陽女兒對比貧賤的浣紗越女等等。然而，反觀〈終南山〉，全詩既無反諷語氣又無正反對照，似不宜視為諷諭之作。

〔註 121〕　清・何文煥輯：《歷代詩話》，下冊，第 810 頁。
〔註 122〕　清・吳喬：《圍爐詩話》，郭紹虞編選，富壽蓀校點：《清詩話續編》（上海：上海古籍出版社，1983 年出版），上冊，第 211 頁。

第三章　王維詩歌之抒情題材

第一節　自然景物

　　「題材」是構成詩歌的材料，也是主題情懷與中心思想賴以表達的「物質」。〔註1〕詩人選擇題材以表現主題，而最生動、最豐富、最基本的取材來源則是生活。生活環境包括自然環境與社會環境，〔註2〕舉凡詩人在自然環境與社會環境中的生活經驗、生活事件，以及所接觸的生活現象〔註3〕等等，無不是詩歌的好素材。本章分析王維抒情詩的題材主要包括：自然景物、隱逸性題材、社會性題材、佛語禪典等四類，其中第一類屬於自然環境題材，後三類屬於社會環境題材。本節首先討論王維抒情詩中最重要的自然景物題材。

　　大自然中繽紛的景觀物色，可說是中國詩歌最重要且運用最廣的寫作題材，此現象與中國詩歌的抒情特質關係至切，劉勰《文心雕龍‧明詩篇》曾說：

〔註 1〕參見程希嵐：《修辭學新編》（吉林：人民出版社，1984 年版），第93 頁「選材」。

〔註 2〕「社會環境」不僅是作者當時所處的社會，更包含作者之前的歷史及傳統。參見崔桓：《三言題材研究》，臺灣大學碩士論文：1985 年，第一章，第 7 頁。

〔註 3〕「生活現象」是指人們生活過程中所累積而成的風俗、習慣等等。

人稟七情，應物斯感；感物吟至，莫非自然。(第二卷)

明人徐禎卿《談藝錄》也說：「情無定化，觸感而興。」〔註4〕詩人抒情的創作表現，多出於外在觸媒對內在情思感發。而外在媒何來？蘊含豐富景觀物象的大算然，恰是詩人生存、活動的空間，景物變化萬端、生機無窮，因此成爲觸發詩人心靈的最佳媒界；運用入詩，便成爲烘托詩情的題材要素。明人謝榛《四溟詩話》說：

景乃詩之媒，情乃情之胚，合而爲詩。〔註5〕

《文心雕龍‧物色篇》說：

是以詩人感物，聯類不窮，流連萬象之際，沈吟視聽之區，寫氣圖貌，既隨物以宛轉；屬采附聲，亦與心而徘徊。(第10卷)

由這些文學理論可知，自然景物對中國詩人創作靈感的激發是何等的重要。

反觀西方以敘事爲本質的詩歌，創作動力既未必是由於情感的興發，景物也就未必是最重要的詩作題材。龔鵬程〈作品中感情表現原理和自然景象的關係〉一文云：

以「風景」爲寫作、繪畫、或建築的主要題材，是世界其他文化所不曾具有的。這個奧秘只有從創作活動所內屬的心靈作用成長過程去探討才能獲得答案。……（詩）本是作者全部身心和現實界相觸而綻放迸射的靈光，訴說他們如何與自然現實依存感應，並展示他那企圖解釋且賦予自然現實某些原理或秩序的心靈世界。〔註6〕

景物之稱爲「景」雖是唐朝以後才有的習慣，〔註7〕然自《詩經》、《楚

〔註4〕明‧徐禎卿《談藝錄》，清‧何文煥輯：《歷代詩話》，下冊，第765頁

〔註5〕明‧謝榛《四溟詩話》，丁福保輯：《歷代詩話續篇》，下冊，第3卷，第1400頁。

〔註6〕龔鵬程：《春夏秋冬》（臺北：故鄉出版社，1980年版），總論，第32頁。

〔註7〕徐復觀：〈王國維人間詞話境界說試評——中國詩詞中的寫景問題〉一文說：「景物之『景』，在唐以前，多隻稱爲物、物候、或物色。

辭》到兩漢樂府、漢賦，景物題材早已普遍運用於文學作品中。〔註8〕
尤其魏晉山水詩〔註9〕出現以後，詩中寫景的份量加重，景物取材的
方向更趨細緻，運用也更頻繁。中國詩歌中的景物多緣情而生，如清
人吳喬《圍爐詩話》說：「景物無自生，惟情所化。情哀則景哀，情
樂則景樂。」〔註10〕徐復觀也說：「凡成功的寫景，無不是景中有情，
或以景烘情。情為景之本，這是寫景的關鍵。」〔註11〕景物固然須要
情感的依寄才能更富生動意趣，而人的情思抽象不易述說，也的確須
要借助客觀景物的描寫來表達，才能具體表現。〔註12〕因此，「情景
交融」〔註13〕始終是中國詩歌中最為動人的抒情境界。作為詩歌抒情

以『風景』或『景』，作概括自然界之美來使用，我現時可以考見的，
　　　當為《陳書·孫瑒傳》的『每良辰美景』，至唐而始流行。」（《中國
　　　文學論集續編》，第 81 頁）
〔註8〕 如：「習習穀風，以陰以雨。」（《詩經·邶風·穀風》）、「喓喓草蟲，
　　　趯趯阜螽。」（《詩經·召南·草蟲》）、「製芰荷以為衣兮，集芙蓉以
　　　為裳。」（《楚辭·離騷》）、「山無陵，江水為竭，冬雷震震夏雨雪，
　　　天地合，乃敢與君絕。」（〈上邪〉）「觸穹石，激堆埼，沸乎暴怒，
　　　洶湧澎湃。」（司馬相如〈上林賦〉）等，皆為自然景物題材。
〔註9〕 如：「巖下雲方合，花上露猶滋。」（謝靈運〈從斤竹澗越嶺溪行〉）、
　　　「洞澗窺地脈，聳樹隱天經。」（鮑照〈登廬山〉）
〔註10〕 徐復觀認為，詩人面對景物時的態度可略分為兩種，一是挾帶自我
　　　的感情以面對景物，將感情移於景物之上，為「有我之境」；二是詩
　　　人以虛靜之心面對景物，將景物之神移於自己精神之內，如莊子〈齊
　　　物論〉所謂「物化」般，將自己化為景物，為「無我之境」。他並認
　　　為：「山水詩、田園詩這一系列的詩人，由謝靈運、陶淵明以至王維、
　　　韋應物，以虛靜之心觀物，多分挾帶感情以觀物。」（徐復觀：〈王
　　　國維人間詞話境界說試評──中國詩詞中的寫景問題〉，《中國文學
　　　論集續篇》，第 80 頁）
〔註11〕 清·吳喬：《圍爐詩話》，第 1 卷，上冊，第 24 頁。
〔註12〕 曾敏之〈比興與抒情詩〉說：「由情到景，是由抽象概念過渡到具體形
　　　象。」（曾敏之：《詩詞藝術》，香港：波文書局，1982 年版，第 7 頁）
〔註13〕 「情景交融」觀念，最早以術語形式提出的批評論者，當推南宋·
　　　黃昇所說：「融情於一家，會句意於兩得。」（《中興以來絕妙詞選》，
　　　第 7 卷，《四都叢刊》（臺北：商務印書館，1979 年版），正編，第
　　　72 頁）至於「情景交融」傳統詩觀的發展，蔡英俊：《比興物色與情
　　　景交融》（臺北：大安出版社，1986 年版）一書，論說極詳。

的題材，自然景物不僅是引發詩人內心情思的重要觸媒，更是詩人情感得以鮮明表達、具體呈現的重要烘托，蔡英俊《比興物色與情景交融》說：

> 「情」成爲個人生命的特質的代稱，而「景」則是個人生命所以安頓、能夠寄託的，超越現實的理想世界的代稱，唯有透過這種反省，「情」、「景」才具有深刻的美學意義……基本上，情與景是「抒情詩」的兩個端點，彼此交結。〔註14〕

如其所析之情景關聯概念，即景抒情遂成爲中國詩歌最爲經典的抒情手法，而景物題材於抒情詩中的運用技法，亦成爲可堪探討的課題。

王維擅畫山水，一生也多在山林田園間度過，對大自然種種景觀變化，與生能態成長，均有細微觀察，詩中寫景亦極爲豐富生動。本文第二章所詩論王維詩歌的抒情主題中，描寫田園生活、經營山水畫意，以及饒富禪趣等主題的作品，便皆以自然景物爲主要題材，可見景物在王維詩中運用之廣，依附之深。以下先以兩首作品爲例，欣賞王維以景物爲題材的抒情手法。

> 荒城自蕭索，萬裡山河空。天高秋日迥，嘹唳聞歸鴻。寒塘映衰草，高館落疏桐。臨此歲方晏，顧景詠悲翁。故人不可見，寂寞平林東。（〈奉寄韋太守陟〉）

此詩寫友人的思念，情感沈鬱而孤寂，爲強化如此情調，王維安排了一系列的秋景題材，以點染蕭瑟的氛圍，如荒寂的「城」、萬裡空茫的「山河」、嘹唳歸飛的「鴻雁」、凝寒的「塘」水、枯衰的秋「草」及凋零的「疏桐」，層層妝點出寂涼的思友情境。這些題材的運用，不僅是秋景的寫實，更是詩人悲情的映現。清人王夫之《薑齊詩話》云：「……心中目中與相融浹，一出語時，即得珠圓玉潤，要亦各視其所懷來，而與景相迎者也。」夏紹碩《古典詩詞藝術探幽》之「寓情於景」一節也說：

> 當詩人不直接抒情而寄寓於景物時，就要求所選擇的景物

〔註14〕蔡英俊：《比興物色與情景交融》第一章，第84、87頁。

　　與人的思想感情，密切合拍，息息相通。如果景是「形」，
　　情是「神」的話，那麼，這「景中之情」最好「形神兼備」。
　　〔註15〕

這首〈奉寄韋太守陟〉所運用的清秋景色與物象，正與思憶故舊的情
境相切合，因而使王維歲晏淒清的情懷格外能觸動讀者心弦。

　　又如〈送友人歸山歌〉之二：「雲冥冥兮雨霏霏，水驚波兮翠菅
靡。白鷺忽兮翻飛，君不可兮褰衣。山萬重兮一雲，混天地兮不分。
樹晻曖兮氛氳，猿不見兮空聞。」描寫送別情景，因情景哀悽難捨，
王維在選材上便以雲雨暝晦、天地不開、水波騰湧、猿啼鷺飛等景物，
渲染愁苦別離的氣氛，其驚天動地之景物烘襯，確可收震撼人心之效。

　　上述景物題材中的「雨」，也常可在王維其他的愁慘情境描寫中
見到，如：「板屋多春雨，山城畫欲陰」（〈送李太守赴上洛〉）寫離愁，
「風淒淒兮夜雨，神之來兮不來？使我心兮苦復苦」、「作暮雨兮悉空
山」（〈魚山神女祠歌──迎神曲、送神曲〉）寫女神出現及臨去前的
風雲變色等，這些愁情因有淒迷雨景的助襯而倍覺哀切。〈送友人歸
山歌〉中被用做送行場面傷調的「猿聲」，也常可見於王維其他的送
別詩中，如：「憶想蘭陵鎮，可宜猿更啼」（〈送張五弟諲歸宣城〉）、「猿
聲不可聽，莫待楚山秋」（〈送賀遂員外外甥〉）、「鳥道一千里，猿啼
十二時」（〈送楊長史赴果州〉）、「況復鄉山外，猿啼湘水流」（〈送徐
郎中〉）等詩，皆以猿啼做爲抒寫別情的重要題材。

　　與詩情相諧的景物，固然可烘襯詩情，但與詩情相反的景物，亦
往往能生發特殊的抒情藝術效果，如《詩經‧采薇》：「昔我往矣，楊
柳依依。今我來思，雨雪霏霏。行道遲遲，載渴載饑。我心傷悲，莫
知我哀。」清人王夫之《薑齋詩話》評其：「以樂景寫哀，以哀景寫
樂，一倍增其哀樂」，〔註16〕即爲情景不相諧而倍添抒情效果之佳例。

<hr>

〔註15〕夏紹碩（一作艾治平）：《古典詩詞藝術探幽》（臺北：漢京文化公司，
　　　　1984年版），第249頁。前段引文見清‧王夫之：《薑齋詩話》，《清
　　　　詩話》，上冊，下卷，第2頁。
〔註16〕清‧王夫之：《薑齋詩話》，《清詩話》，上冊，第3頁。

王維〈雜詩〉之三亦有此效：

> 已見寒梅發，復聞啼鳥聲。愁心視春草，畏向玉階生。

嚴冬將去，綠意翩臨，原應是觀迎春到的時節，王維「愁心」緣何滿腹？只因身處異地，春草漸生遂徒增詩中人之思鄉情切；鶯啼婉轉反牽引出詩中人的孤寂愁緒。王維以春草、啼鳥等美好的景物抒寫情愁，顯見詩人抒情手法力求變化之用心。

詩歌傳統中，漸行漸遠還生的「春草」，素有思念遠人的意象，王維詩中的「春草」亦帶有鄉愁或相思等懷念的意涵，如：

> 山頭松柏林，山下泉聲傷客心。千里萬裡春草色，黃河東
> 流流不息。(〈榆林郡歌〉) —— 鄉愁
>
> 春草明年綠，王孫歸不歸？(〈送別〉) —— 相思
>
> 東郊春草色，驅馬去悠悠。(〈送徐郎中〉) —— 相思
>
> 春風動百草，蘭蕙生我籬。(〈贈裴十迪〉) —— 相思

新發蔓生的春草，恰似思念般綿延無盡，因而勾起詩人思遠的傷懷，然其傷感又絕非強烈沉重，只如春色般淡雅悠然。

儘管相同的景物予人的感懷未必相同，相異的景物也可能引起相同的感懷，[註17]但許多典型的景物予人的聯想仍具有一定的普遍性，比如，秋日黃昏見落葉飄零，誰人能不感傷生命之驟逝？又如前文曾論王維〈送友人歸山歌〉以「雨」和「猿啼」營造愁苦情調，也是眾人皆同的聯想。[註18]王維詩歌的抒情，擅長以生活中常見的景物為題材，然其景物一經詩筆描繪，總能寄寓深長情思，進而營造出全詩嫻雅淡遠的意境。茲將王維詩中常見的抒情景物題材及其意象分論如下：

[註17] 黃侃云：「原夫興之為用，觸物以起情，節取以托意，故有物同而感異者，亦有事異而情同者。」（黃侃：《文心雕龍箚記・比興篇》，香港新亞書院中文系，1962年版，第170頁）

[註18] 中國詩中的「雨」，常有迷濛愁慘的意涵，如「新鬼煩冤舊鬼哭，天陰雨濕聲啾啾。」（杜甫〈兵車行〉）、「清瑟怨遙夜，繞絃風雨哀。」（韋莊〈章臺夜思〉）；「猿啼」更常引起離人遊子的愁思，如「五月不可觸，猿鳴天上哀。」（白居易〈琵琶行〉）

（一）楊　柳

　　陸機〈文賦〉中說：「悲落葉於勁秋，喜柔條於芳春。」其中「柔條」即詩人筆下有著極豐富意義的楊柳。自〈詩經、小雅、采薇〉中：「昔我往矣，楊柳依依。今我來思，雨雪霏霏」的運用後，楊柳便成爲中國詩歌中楚楚動人的春日題材。楊柳的風姿多樣無定，俗語說：「畫人難畫手，畫樹難畫柳」，因其靈動秀美，予人的聯想也就多樣而豐富。

　　王維對楊柳似乎特別偏愛，黃守誠〈王維與柳〉一文說，喜以柳爲題材的詩人中，「論其對柳描寫之多、之巧、之深，⋯⋯無人可及王維。」〔註19〕據其統計，王維詩中涉及楊柳者有一百九十二句之多，實爲其他景物題材所不及。〔註20〕王維最常以楊柳象徵春日的美好，如：「高柳早鶯啼，長郎春雨響。」（〈謁璿上人〉）何其清麗逸雅，「園廬鳴春鳩，林薄媚新柳。」（〈晦日遊大理韋卿城南別業〉之一）何其嬌媚可喜，另如：

　　　　春池深且廣，會待輕舟迴。靡靡綠萍合，垂楊掃復開。（〈萍池〉）

　　　　柳色春山映，朵花夕鳥藏。（〈春日上方即事〉）

　　　　憐君不得意，況復柳條春。（〈送丘爲落第歸江東〉）

　　　　桃紅復含宿雨，柳綠更帶春煙。（〈田園樂〉之六）

亦皆以楊柳寫春的詩句。王維詩中的春景，因著這些新楊嫩柳拂曳而更顯明媚耀眼。

　　初春嬌媚而不俗艷的楊柳枝條，王維也常用以象徵懷春女子的愛情，如：

〔註19〕黃守誠：〈王維與柳〉，《花蓮師專學報》（1972 年版），第四期，第220 頁。

〔註20〕黃守誠：〈王維與柳〉文中：「在王摩詰全集四百餘首作品中，涉及自然界草木的詩，計有松三十七處、槐七處、桃李十處、竹十四處、桑八處；另有荷花、紫梅、朱槿、梧桐、蘭蕙、萊莩、杏、楓、蘋、菊花、芙渠、蓮、白芷、菱、菰、山櫻及藤等各一、二處。」

　　誰家折楊女，弄春如不及。愛水看妝坐，羞人映花立。(〈早
春行〉)

　　朝因折楊柳，相見洛城隅。楚國如無妾，秦國自有夫。(〈雜
詩〉)

這些詩句以柔媚的楊柳烘襯少女的嬌羞，可謂相映動人。楊柳的淒美
情調偶爾也為王維詩中的別離憑添傷懷，如：

　　來往本無歸，別離方此受。柳色蕩春餘，槐陰清夏首。(〈資
聖寺送廿二〉)

　　青青楊柳陌，陌上別離人。(〈觀別者〉)

　　楊柳渡頭行客稀，罟師盪槳向臨圻。(〈送沈子福歸江東〉)

　　落花寂寂啼山鳥，楊柳青青渡水人。(〈寒食汜上作〉)

　　渭城朝雨浥輕塵，客舍青青柳色新。(〈送元二使安西〉)

柳條拂擺牽長，撩動離人愁緒，恰似這些詩中的別後牽掛與思念。

　　至於以秋天楊柳為素材的王維詩，則多取其蕭條疎況的意味，如：

　　衰柳日蕭條，秋光清邑裡。(〈休假還舊業便使〉)

　　柳條疎客舍，槐葉下秋城。(〈與盧象集朱家〉)

　　細柳疏高閣，輕槐落桐門。(〈和陳監四郎雨中思籤弟據〉)

王維或以新嫩的楊柳象徵初春的明媚、少女的嬌柔，或以衰枯的柳條
象微秋的蕭索，又或以柳色象徵別後延伸無盡的思念情愁，皆充分摘
取楊柳多樣的風貌，為詩歌增添了動人的風韻，並提昇了詩歌的抒情
效果。

（二）花、鳥

　　王維詩常以「花」為題材，反襯閨閣的寂寞，如：

　　總向春園裡，花間笑語聲。(〈班婕妤〉之三)

　　春蟲飛網戶，暮雀隱花枝。(〈晚春閨思〉)

　　看花滿眼淚，不共楚王言。(〈息夫人〉)

花的燦爛繽紛與詩中女子的皎美姿容相互交映，也突顯了閨閣女子
的寂寞與怨曲。王維詩中的「花」，與「楊柳」一樣常作為春時的象

徵，如：

> 草色全經細雨濕，花枝欲動春風寒。(〈酌酒與裴迪〉)

> 屋上春鳩鳴，村邊杏花白。(〈春中田園作〉)

> 槐色陰清晝，楊花惹暮春。(〈送邱為往唐州〉)

若無繁花妝襯，春色將難如此動人。王維也常以「花」、「鳥」描寫居
隱生活的美好，如：

> 閑花滿巖谷，瀑水映杉松。(〈韋侍郎山居〉)

> 雨中草色綠堪染，水上桃花紅欲然。(〈輞川別業〉)

> 嫩竹含新粉，紅蓮落故衣。(〈山居即事〉)

> 窗外鳥聲閑，階前虎心善。(〈戲贈張五弟諲〉)

> 是時陽和節，清晝猶未暄。藹藹樹色深，嚶嚶鳥聲繁。(〈同
> 盧拾遺韋給事東山別業二十韻〉)

這些詩中的「花」、「鳥」象徵美好卻短暫的意象，因此王維在〈崔九
弟欲往南山馬上口號與別〉中說：「山中有桂花，莫待花如霰。」以
祈把握生命中的一切美好。

（三）季　節

> 時序輪轉，為大地最動人的粧容變換，〈文心雕龍、物色篇〉說：
> 春秋代序，陰陽慘舒，物色之動，心亦搖焉。蓋陽氣萌而
> 玄驅步，陰律凝而丹鳥羞，微蟲猶或入感，四時之動物深
> 矣。……是以獻歲發春，悅豫之情暢；滔滔孟夏，鬱陶之
> 心凝；天高氣清，陰沉之志遠；霰雪無垠，矜肅之慮深；
> 歲有其物，物有其容；情以物遷，辭以情發。(第十卷)

富變化的四季景觀，各以其獨具特色的情調韻致，撼動詩人的內心情
思，興發出無數動人的詩篇。中國詩歌於吟詠自然之美時，常會明確
指出季節，可知詩人有著極敏銳的季節意識，季節變換所更新的景色
情調和時序意義，伴隨著世事變遷與人生成長，往往使詩人感觸良
多，因此典型的季節風物，分外容易觸發詩人回顧生命的感懷，此即
龔鵬程所謂，中國詩歌中的季節意義，常同時具有寫實與象徵的兩種

可能。〔註21〕

　　王維詩中季節題材的寓意十分豐富，現依春、夏、秋、冬分述如下：〔註22〕

1. 春

　　春天裡，萬物自隆多中甦醒，綠意盈目，生機盎然春光輕柔盪漾中，人心自然也隨之歡欣愉悅。如王維〈晦日遊大理韋卿城南別業〉四首之四：「高館臨城陂，曠望蕩心目」、「紆組上春隄，側弁倚喬木」；〈同盧拾遺過韋給事東山別業二十韻給事首春休沐維已陪遊及乎是行亦預聞命會無車馬不果斯諾〉：「鳴玉滿春山，列筵先朝暾。會舞何颷踏，擊鐘彌朝昏」等，皆賦予春景以愉人的意象。

　　除寫實意義外，王維詩中的「春」，另也有青春、美盛及相思等意涵。春日裡嬌艷的花朵，一如情竇初開的少女，不勝嬌羞，惹人愛憐，王維便常以「春」爲素材，寫少女的閨思情懷，如：

> 翠羽流蘇帳，春眠曙不開。羞從面色起，嬌逐語聲來。(〈扶南曲歌詞〉五首之一)
>
> 入春輕衣好，半夜薄妝成。(〈扶南曲歌詞〉之四)
>
> 同心勿遽遊，幸待春妝竟。(〈扶南曲歌詞〉之五)
>
> 雙燕初命子，五桃初作花。小小能織綺，時時出浣紗。親勞使君問，南陌駐香車。(〈辭詩〉)
>
> 花心愁欲斷，春色豈知心？(〈紅牡丹〉)
>
> 惟有相思似春色，江南江北送君歸。(〈送沈子福歸江東〉)

凡此皆以「春」爲青春、愛情或相思的象徵，充份表現了春景秀麗柔媚與春草向遠綿延的意涵特徵。至若「官舍梅初紫，宮門柳欲黃。願將遲日意，同與聖恩長」(〈春日直門下省早朝〉)，則是以好春歌頌君恩盛美，其素材之運用頗富新意。

〔註21〕參見龔鵬程：《春夏秋冬》，第34頁。

〔註22〕王維詩中的「夏」僅出現一次，即〈資聖寺送甘二〉：「柳色藹春餘，槐陰清『夏』首」，難以據此分析詩人有意爲之的象徵意涵。

2. 秋

　　蕭瑟秋景觸發悲愁情思，爲中國文學典型的季節意涵。宋玉〈九辯〉云：「悲哉秋之爲氣也！蕭瑟兮草木搖落而變衰，憭慄兮君在遠行，登山臨水兮送將歸。」此悲情與秋景的聯繫，深遠影響了中國的文學傳統，凡有關秋的描寫多以紅衰翠減，萬物寥落爲基調，並由此而生盛時難再，蕭條悲涼之感。〔註23〕

　　王維詩中的「秋」亦多淒涼況味，如：「秋夜守羅幃，孤燈取明滅。」（〈班婕妤〉之一）、「宮殿生秋草，君王恩幸疎。」（〈班婕妤〉之二）皆以冷落清秋映襯班婕妤的失寵與孤寂。又如：「飛鳥去不窮，連山復秋色。上下華子岡，惆悵情何極。」（〈華子岡〉）、「洛陽才子姑蘇客，桂苑殊非故鄉陌。……夜火人歸富春郭，秋風鶴唳石頭城。」（〈同崔傅答賢第〉）、「庭槐北風響，日夕方高秋。……吾生將白首，歲晏思滄州。」（〈秋夜獨坐懷內弟崔興宗〉）則皆因清冷秋景而興人生遲暮之感懷，或思憶遠人之惆悵。西風蕭索的秋日裡，離別尤令人斷腸，王維詩中的秋日離別不少，如：

　　　　陌上新別離，蒼茫四郊晦。登高不見君，故山復雲外。遠
　　　　樹蔽行人，長天隱秋塞。（〈別弟縉後登青龍寺望藍田山〉）

　　　　江城下楓葉，淮上開秋砧。送歸青門外，車馬去駸駸。（〈送
　　　　從弟蕃游淮南〉）

　　　　念君拂衣去，四海將安窮。秋天萬里淨，日暮澄江空。（〈送
　　　　綦母校書棄官還江東〉）

　　　　然後解金組，拂衣東山岑。給事黃門省，秋光正沉沉。（〈送
　　　　韋大夫東京留守〉）

蒼茫秋色使離愁更愁，沉重更沉，頗有助於抒情效果。

　　但王維詩中的秋色也不盡是淒涼傷懷，如他田園山居生活中極具特色的閒適情懷便曾運用「秋」爲素材以抒寫。龔鵬程《春夏秋冬》

────────────

〔註23〕如「西宮南內多秋草，落葉滿階紅不掃。」（白居易〈長恨歌〉）、「苔深不能掃，落葉秋風早。」（李白〈長干行〉）

中評李白〈尋陽紫極宮感秋作〉詩時說：

> 倦暑新涼的喜悟之情，是寂歷秋光裡，較為奠特的情感與
> 意象；……淡而雅，清而有致，而結尾處必以悟道語作收，
> 卻是這類詩作極一貫的特色。（第151～152頁）

如其所言，在清淨幽寧的秋光中，見悠然閒情的王維詩尚有：

> 秋色有佳興，況君池上閒。（〈崔濮陽兄季重前山興〉）

> 閒門秋草色，終日無車馬。（〈過李揖宅〉）

> 寒山轉蒼翠，秋日潺湲。倚杖柴門外，臨風聽暮蟬。（〈輞川
> 閒居贈裴秀才迪〉）

> 清山帶長薄，車馬去閒閒。……荒城臨古渡，落日滿秋山。
> （〈歸嵩山作〉）

秋日山色清麗淡雅，最能觸發王維居隱生活的閒情佳興。王維以秋為
素材，藉其寥落以寫寂寞惆悵或別後思憶，也趁其舒爽盡享山居閒
情，尤其新涼的閒情，為其他詩人少有的發揮，可謂王維山中安居生
活的特有體會。

3. 冬

　　王維以冬為季節素材的詩不多，較顯見的象喻為「麗服映頹顏，
朱燈照華髮。」（〈冬夜書懷〉）及「寒更傳曉箭，清鏡覽衰顏。」（〈冬
晚對雪憶胡居士家〉）等詩對年華已逝、歲月不再的傷懷。

　　上述王維抒情詩中的季節題材，以「春」、「秋」的運用最廣，象
徵寓意也最為豐富，其人愉人的春景多寫，青春、愛情、及君恩等美
好的感覺，蕭瑟的秋景多寫年華已逝、孤寂惆悵、及別離愁緒等悲涼
的慨歎；但淒美春色中也有無盡的相思，新涼秋光中也有悠閒的情
致，則可見詩人對時序景觀的細微觀照與悉心品味，因此才會有別具
特色且多層面的興觸感發。

（四）色　彩

　　色彩是自然界最耀眼的景觀，凡喜愛大自然的人，必對大地鮮麗
繽紛的色彩有份特別機敏的性靈觸動，以山水為家的王維更是如此。

王維詩中有關顏色的運用隨處可見，如：「赤日滿天地，火雲成山嶽。」
（〈苦熱〉）、「言入黃花川，每逐青溪水。」（〈青溪〉）、「麒麟錦帶佩
吳鉤，颯踏青驪躍紫騮。」（〈燕支行〉）尤其是寫景的詩篇，更普遍
採用了色彩題材，以增添詩句的視覺效果，如：

> 西嶽出浮雲，積翠在太清。連天疑黛色，百里遙青冥。白
> 日爲之寒，森沉華陰城。（〈華嶽〉）

王維寫西嶽華山，以此山景天光的構色爲起。山的「翠」意，籠罩在
連天「黛色」之下，遠天「青冥」幽暗，寒日冷「白」，山城「森沈」。
藉著這些色彩的襯顯，一片渾沌詭異、天地不開的氣象便具體呈現讀
者眼前。又如：

> 沙平連白雪，蓬捲入黃雲。（〈送張判官赴河西〉）

> 坐看紅樹不知遠，行盡青溪不見人。（〈桃源行〉）

> 清淺白石灘，綠蒲向堪把。（〈白石灘〉）

這些自然界豐富的色彩，不僅將詩中景境妝點得繽紛耀眼，詩情也因
之更爲鮮明。〔註24〕

王維詩的景觀色彩中，以白色的運用最爲頻繁，如：

> 靜觀素鮪，俯映白沙。（〈酬諸公見過〉）

> 漣漪涵白沙，素鮪如遊空。（〈納涼〉）

> 白水明田外，碧峰出山後。（〈新晴晚望〉）。

> 隔牖風驚竹，開門雪（白）滿山。灑空深巷靜，積素廣庭
> 閒。（〈冬晚對雪憶胡居士家〉）

> 望見南山陽，白日靄悠悠。（〈自大散以往深林密林蹬道曲四五十
> 裡至黃牛嶺見黃花川〉）

> 畫戟雕戈白日寒，連旗大旆黃塵沒。（〈燕支行〉）

> 青菰臨水映，白鳥向山翻。（〈輞川閒居〉）

〔註24〕黃永武說：「詩中的色彩字，對意象的視覺效果，有著強烈的顯示功
　　　　能。」（〈詩的色彩設計〉，《詩與美》，臺北：洪範書店，1984 年版，
　　　　第 21 頁）

> 屋上春鳩鳴，村邊杏花白。（〈青中田園作〉）

或以溪魚岸沙的白淨顏色象徵詩人的心境澄明（前三首），或以雪的素色輝映「衰顏」白髮（第四首），或以「白日」寫冷肅之氣（第五、六首），又或以潔麗的白繪寫出青山綠水好風日中的鳥與花，白色可謂在王維的各種詩境中出盡風頭。王維爲何鍾情於「白」？羅宗濤〈詩中有畫——王維詩中的色與光〉一文認爲：

> 王維雖善用鮮艷的顏色，而在他詩中用得最多的顏色字，
> 卻還是「白」字，許多的「白」字，加上一些「素」字，
> 在他詩中繁富的顏色字裡，幾佔半數，這一點相當重要，
> 他可能上承孔子「繪事後素」的思想，下啓後世文人畫重
> 視留白的風格。潘天壽說：「我落墨處黑，我著眼處卻在白。」
> 又雲：「畫要耐人尋味，就要虛多。虛多者，即告訴人的少，
> 藏起來的多，故人所思想就多。當然，首先要有意境，否
> 則虛而無物。一面塞滿東西，無半點空白，自然不含蓄，
> 也就不能引人思索。」〔註25〕

該文認爲王維詩中常用白色，可能與他下啓後世繪畫留白的「文人畫」風格有關。可惜王維畫跡今已不易得見，是否當時已熟用留白技巧亦未可知。另亦可借色彩心理學的分析以助對詩人心理的探索，黃永武〈詩的色彩設計〉中說：

> 近年由於色彩學隨著美學與心理學的進步，使「色彩感覺」
> 與「色彩心理」有了新的理論發明。利用這種理論發明，
> 回頭來看古典詩中的色彩字，知道色彩字在詩中的價值，
> 不啻是繪采設色的外表功夫，還可以透視詩心活動的內層
> 世界。〔註26〕

> 每位詩人對不同色彩的嗜好度，是隨著詩人自身的性格而
> 差異的，換句話說，就是性格的表現。

據此以思王維對白色的偏愛，洽可印證王維純淨安適的心境。據林書

〔註25〕羅宗濤：〈詩中有畫——王維詩中的色與光〉，《藝壇》，1984，第195
期，第7頁。

〔註26〕黃永武：《詩與美》，第21、54頁。

堯《色彩認識論》所論白色的「色彩的心理機能」為：

> 具有純潔清淨或樸素的價值，可以幫助心理的淨化或超
> 度，有保持安定或孤獨（包括自我的氣氛在內）的作用，
> 是能使人真誠靜思的色彩。〔註27〕

王維偏愛以清淨、真誠、靜思的白色，既表現詩中的景物色彩，也表現詩人的心理背景，恰可與本文第二章第二節所論，王維在山居田園的生活描寫中所映的閒適安寧情懷相互印證。

　　白色以外，王維詩中的表色系如「青」、「黛」、「蒼」、「翠」、亦多，如：

> 青皋麗已淨，綠樹鬱如浮。（〈自大散以往深林密蹬道盤曲四五十
> 裡至黃牛嶺見黃花川〉）
>
> 青昔肅澄陂，白雲移翠嶺。（〈林園即事寄舍弟統〉）
>
> 青山橫蒼林，赤日團平陸。（〈冬日遊覽〉）
>
> 千里橫黛色，數峰出雲間。（〈崔濮陽兄弟季重前山興〉）
>
> 清冬見遠山，積雪凝蒼翠。（〈贈從弟司庫員外絿〉）
>
> 秋山一何淨，蒼翠臨寒城。（〈贈房盧氏官〉）

王維深居山林，詩中的青山翠嶺自然多見。據林書堯《色彩認識論》「色彩象徵性表」所載，藍（青）色象徵：「優雅、安息、和平、淡泊、深奧」，亦符合王維恬淡閒適的性情特徵。

　　綠是大自然中最大面積的色彩，也可說是大自然色彩的代表，王維詩中寫景既極普遍，綠意自亦多見，如：

> 多雨紅榴折，新秋綠芋肥。（〈田家〉）
>
> 結實紅且綠，復如花更開。（〈茱萸沜〉）
>
> 桃紅復含宿雨，柳綠更帶春煙。（〈田園樂〉之六）
>
> 畫閣朱樓盡相望，紅桃綠柳垂簷向。（〈洛陽女兒行〉）
>
> 雨中草色綠堪染，水上桃花紅欲然。（〈輞川別業〉）

〔註27〕林書堯：《色彩認識論》（臺北：三民書局，1995 年版），第 174 頁，以下本書之引文分別引自第 174、163 頁。

林書堯《色彩認識論》分析綠色的心理機能爲:「田園、自然……平靜、安逸……舒服、遠望……清閒……」與王維的生活環境、詩作主題及性格傾向也都極爲吻合。

在前引的五首「綠」色詩例中,紅色與綠色字母每每相伴出現,也是王維色彩搭配的一大特色,因爲紅色的強烈刺激容易令人感受疲倦,而綠色恰可以挽救紅色對神經所造成的刺激,因此紅、綠爲互補色;且互爲補色的兩種色彩相鄰時,最能表現出活躍鮮明的感覺效果。〔註28〕如前引五首例詩,王維以紅間綠,將景觀搭配得諸色繽紛、鮮麗耀眼,便是由於互補兩色併用以增添鮮活感的色彩原理。

除了紅與綠的搭配在王維詩中表現出色之外,紅、黑二色的共同出現也令人印象深刻,如:

> 薄霜澄夜月,殘雪帶春風。古壁蒼苔黑,寒山遠燒紅。眼看東侯別,心事北山同。(〈河南嚴尹弟見宿弊廬訪別人賦十韻〉)
>
> 鼇身映天黑,魚眼射波紅。(〈送秘書晁監還日本國〉)

前首寫夜月殘雪,古壁森黑,而無邊墨色中,遠山隱微透映著火紅,景色頗不協調,或正表達冬夜餞別的悵惘愁緒;後一首詩寫黑沉天雲籠罩下的浩渺海波,波上漸被吞噬的殘陽映得鼇鯨目射凶光,氣氛詭譎懾人。黃永武分析道:

> 又據色彩家研究,紅色與黑色作爲並比時,刺激變得極不愉快,使人感到熱情,或遇到魔鬼般的戰慄。〔註29〕

據此紅、黑並用易生刺激之感的論點,以觀前述王維二詩中的紅、黑並比,確實益添令人戰慄之效。

本文第二章第三節論及王維畫風時曾說,王維的破墨畫技,是承繼吳道子所創「墨縱」畫法之後才改變而成的風格。事實上,王維早

〔註28〕說見黃永武:〈詩的色彩設計〉,《詩與美》,第32頁。此外,民間也有繪畫口訣云:「紅間綠,花簇簇。」
〔註29〕黃永武:〈詩的色彩設計〉,《詩與美》,第26頁。

期受當時李思訓金碧山水畫法風靡的影響，也擅於著色的繪畫技巧。
（詳見第二章）王維早年的金碧畫作今已不得見，但至少由本節所論
王維詩中色彩題材運用之豐富與純熟看來，王維的確對自然界的繽紛
眾彩有著特別靈敏的觀察與體會。

（五）雲、山

　　雲天之外與深山之中，在王維詩裡常象徵著塵世以外的幽靜天
地，其〈桃源行〉云：「峽裡誰知有人事？世中遙望空雲山」，即以「雲
山」暗指世人所難到的桃花源仙境。如此的雲、山聯想，乃因層雲之
外的天際蒼茫神秘，凡人無法望知，因而在王維心中形成了有如世般
的阻隔遮敝意象；而人行深山之中，俯瞰雲起，宛如身處紅塵之外，
因此頗似仙化之境。王維詩中的「雲」、「山」運用不少，如：

> 峽裡誰知有人事？郡中遙望空雲山。（〈寄崇梵僧〉）
>
> 端居不出戶，滿目望雲山。（〈登裴迪秀才小臺作〉）
>
> 寂寞柴門人不到，空林獨與白雲期。（〈早秋山中作〉）
>
> 羨君棲隱處，遙望白雲端。（〈酬比部員外暮宿琴臺朝躋書閣率爾
> 見贈之作〉）
>
> 新買雙溪定何似？餘生欲寄白雲中。（〈問寇校書雙溪〉）
>
> 悠然遠山暮，獨向白雲歸。（〈歸輞川作〉）
>
> 巖壑轉微徑，雲林隱法堂。（〈過福禪師蘭若〉）

山林田園的居隱生活是王維詩歌創作的重要背景，因此「雲」、「山」
的世外象徵，便成爲王維獨具特色的題材。

（六）明　月

　　明月一如王維的知心好友，在詩中常扮演著傾聽愁懷、知音相伴
的角色。如：

> 獨坐幽篁裡，彈琴復長嘯。深林人不知，明月來相照。（〈竹
> 里館〉）
>
> 松風吹解帶，山月照彈琴。（〈酬張少府〉）

彈琴長嘯唯有明月知音，特來相照，有如心曲只能對月傾訴般，明人
唐汝詢《唐詩解》評〈竹里館〉云：「林間之趣，人不易知。明月相
照，似若會意。」〔註30〕詩人與明月依伴之情充分流露。此外，如「月
迴藏珠鬥，雲消出絳河。更慚衰朽質，南陌共鳴珂」（〈同崔員外秋宵
寓直〉）、「草白靄霜繁，木衰澄清月。麗服映頹顏，朱燈照華髮」（〈冬
夜書懷〉）的對月傷年老，如「隴頭明月迴臨關，隴上行人夜吹笛」
（〈隴頭吟〉）的塞外遊俠對月思鄉；如「相去千餘裡，西園明月同」
（〈送熊九赴任安陽〉）、「明到衡山與洞庭，若為秋月聽猿聲」（〈送楊
少府貶彬州〉）、「別後同明月，君應聽子規」（〈送楊長史赴果州〉）、「豈
惟山中人，兼負松上月。宿共同遊止，致身雲霞未」（〈留別山中溫古
上人兄並示舍弟縉〉）等詩的與友同對月；如「秋月臨高城，城中管
絃思」（〈羽林騎閨人〉）、「清風明月苦相思，蕩子從戎十載餘」（〈失
題〉）的閨人對月思夫等，均可看出王維詩人的心中明月一如知音良
伴，善體人意、悉聽愁苦。

（七）落　日

夕陽絢麗，卻近黃昏，常予人遲暮的感傷。尤其昏暮送別，更見
惆悵，如李白〈送友人〉便有：「浮雲遊子意，落日故人情。」王維
送別主題的抒情詩亦常以落日為題材，如：

> 祖帳已傷離，荒城復愁入。天寒遠山淨，日暮長河急。（〈齊
> 州送祖三〉）
> 天寒蒹葭渚，日落夢雲林。……送歸青門外，車馬去駸駸。
> 惆悵新豐樹，空餘天際禽。（〈送從弟蕃游淮南〉）
> 遠樹帶行客，孤城當落暉。（〈送別〉）
> 驛路飛泉灑，關門落照深。野花開古戍，行客響空林。（〈送
> 李太守赴上洛〉）
> 相送臨高臺，川原杳何極。日暮飛鳥遠，行人去不息。（〈臨

〔註30〕明‧唐汝詢：《唐詩解》，《唐詩百首詩話薈編》，第 362 頁。

　　　　高臺送黎拾遺〉）

這些送行場面因著落日夕照而覺動人心魄，詩人的別情在晚霞渲染下則更顯淒惻。王維詩中的落日有時亦抒悲壯之懷，如：「日暮沙漠垂，戰聲煙塵裡。」（〈從軍行〉）、「日暮沙漠陲，戰聲煙塵裡。」（〈李陵詠〉）便寫盡塞外悲涼。

　　斜陽光影柔和，撫慰天地疲憊；歸鳥攜來清風，輕拂近樹遠山。夕陽西下的光景，總予人舒暢逍遙之感，王維山中居隱的閒情靜趣，便多得自暮色時分，如：

　　　　澄陂澹將夕，清月皓方閒。（〈汎前陂〉）

　　　　寂寥天地暮，心與廣川閒。（〈登河北城樓作〉）

　　　　落日鳥邊下，秋原人外閒。（〈登裴迪秀才小臺作〉）

　　　　秋日有佳興，況君池上閒。……殘雨斜日照，夕嵐飛鳥還。

　　　　（〈崔濮陽兄季重前山興〉）

這些斜陽晚景常是王維山居閒情的泉源。蕭滌非〈關於王維的水山詩〉一文認爲，王維總說「落日山水好」（〈藍田山石門精舍〉），這種偏愛夕陽晚景的人生觀，使他的詩讀來總有暮氣沉沉之感，再加上他對冷漠孤寂境界的特殊偏愛，因此詩風缺乏朝氣、活力，是「不健康」的。〔註31〕然而，此負面評說是否公允？有必要深入品味王維詩中的夕陽晚景意涵：

　　　　荒城臨古渡，落日滿秋山。（〈歸嵩山作〉）

　　　　荒城自蕭索，萬裡山河空。（〈奉寄韋太守陟〉）

　　　　祖帳已傷離，荒城復愁入。（〈齊州送祖三〉）

　　　　遠樹帶行客，孤城當落暉。（〈送別〉）

　　　　遙知漢使蕭關外，愁見孤城落日邊。（〈送韋評事〉）

　　　　秋山一河淨，蒼翠臨寒城。（〈贈房盧氏琯〉）

　　　　雀噪荒村，雞鳴空館。（〈酬諸公見過〉）

─────────────

〔註31〕蕭滌非：〈關於王維的水山詩〉，原載《文史哲》，1961，第1期；後
　　　　收於中國語文學社編：《王維詩研究專集》。

> 惆悵極浦外，迢遞孤煙出。(〈和使五郎西樓望遠思歸〉)
>
> 渺渺孤煙起，芊芊遠樹齊。(〈青龍寺曇壁上人兄院集〉)
>
> 山下孤煙遠村，天邊獨樹高原。(〈田園樂〉之五)
>
> 寒山轉蒼翠，秋水日潺湲。(〈輞川閒居贈裴秀才迪〉)
>
> 寒山天杖裡，溫穀慢城中。(〈和僕射晉公扈從溫湯〉)
>
> 淼淼寒流廣，蒼蒼秋雨晦。(〈答裴迪〉)

從這些詩句看來，「荒城」、「孤城」、「寒城」、「荒村」、「孤煙」、「寒流」等在某種程度上是透露了王維內心的沉靜與孤寂，卻不見得就是毫無生氣、消極的詩作。〔註32〕更何況王維詩中也有許多欣欣向榮的春景描寫，前已曾述及。即使如「落日」這樣的題材，王維也有極其溫馨、活潑的描寫，如：「斜光照墟落，窮巷牛羊歸。野老念牧童，倚仗候荊扉」(〈渭川田家〉)，寫農家傍晚的閒逸景象；「洞門高閣靄餘暉，桃李陰陰柳絮飛」(〈酬郭給事〉)，寫官舍欣榮氣象：「採菱渡頭風急，策杖村西日斜」(〈田園樂〉之三)，寫生活境地宛如桃花源的人家；「瀑布杉松常帶雨，夕陽彩翠忽成嵐」(〈送方尊師歸山〉)，寫黃昏瀑布美景；「返景入深林，復照青苔上」(〈鹿柴〉)，寫深幽空山中的溫馨機趣；「日暮歸何處？花間常樂宮」(〈扶南曲歌詞〉其三)，則是藉夕陽的璀燦絢麗，輝映宮內的歌舞昇平。以上詩中的「落日」題材，多有溫馨、親切的意涵，並不消沉、冷漠，因此，如前述蕭滌非所論，以王維詩中常見落日即評其缺乏積極意識與進取精神，不免有失客觀。

王維運用「楊柳」、「春秋」、「日」、「月」、「雲」、「山」等景觀物象為題材，象徵人世悲歡離合的情感，釀造出無數情景交融的抒情詩篇；同時藉由這些自然景物的象喻意義，也使詩達到了具象、落實的效果。

〔註32〕說法參見方永耀：〈讀「關於王維的山水詩」〉一文。原載《文史哲》雙月刊，1962 年，第 1 期，後收於《王維詩研究專集》。

第二節　隱逸典故

　　王維在許多酬贈友人及田園山水的詩篇中，強烈表露了歸隱的意念以及居隱生活的閑適美好，這些隱逸主題所賴以呈現的題材，除了自然景物之外，最重要的就是歷史上著名逸士高人的行誼事跡。

　　王維詩中最常標舉的隱士，首推東晉時不願「爲五斗米折腰」〔註33〕的陶淵明，如：

　　　　酌醴賦歸去，共知陶令賢。（〈送六舅歸陸渾〉）

　　　　公門暇日少，窮巷故人稀。偶值乘監舉，非關避白衣。（〈酬
　　　　嚴少尹徐舍人見過不遇〉）〔註34〕

　　　　陶潛任天眞，其性頗耽酒。自從棄官來，家貧不能有。（〈偶
　　　　然作〉之四）

王維這些詩中，極力稱許陶淵明的清廉與任眞自得，儼然將他當作自己的行誼典範。陶淵明曾著〈五柳傳〉以自況，文中說：「不知何許人，不詳姓字，宅邊有五柳樹，因以爲號焉。閑靜少言，不慕榮利。」王維取材於此，常將自屋比爲「五柳宅」，或以「五柳」稱頌他人，如：

　　　　一瓢顏回陋巷，五柳對門。（〈田園樂〉之五）

　　　　門看五柳識，年算六身知。（〈慕容承攜素饌見過〉）

　　　　路傍時賣故侯瓜，門前學賣柳。（〈老將行〉）

　　　　復值接輿醉，狂歌五柳前。（〈輞川閒居贈裴秀才迪〉）

　　　　秋風日蕭索，五柳高且疎。（〈戲贈張五弟諲〉之二）

〔註33〕　《晉書·陶潛傳》載：「（陶潛）穎脫不羈，任眞自得，爲鄉鄰所貴。……爲彭澤令，……素簡貴，不私事上官。郡遣督郵至縣，吏白應束帶見之，潛歎曰：『吾不能爲五斗米折腰，拳拳事鄉裏小人邪！』」（第94卷）

〔註34〕　《晉書·陶潛傳》載：「刺史王夕以元熙中臨州，甚欽遲之，後自造焉。潛稱疾不見。……弘每令人候之，密知常往盧山，乃遣其故人龐通之等齎酒，先於半道要之。潛既遇酒，便引酌野亭，欣然忘進。弘乃出與相見，遂歡宴窮日。……弘要之還州，問其所乘，答雲：素有腳疾，向乘藍輿，亦足自反。乃令一門生二兒共舉之至州，而言笑賞適，不覺其有羨於華軒也。」（第94卷）

陶淵明曾描繪他心目中的理想藍圖，寫成著名的〈桃花源詩〉並記，記中說：「有良田、美池、桑竹之屬，阡陌交通，雞尤相聞。其中往來種作，男女衣著，悉如外人；黃髮垂髫，並怡然自樂。」王維承襲此嚮往，更予仙化，而於詩中廣爲發揮運用，如：〈桃源行〉：「平明閭巷掃花開，薄暮漁樵乘水入。初因避地去人間，更聞成仙遂不還」，及〈藍田山石門精舍〉：「再尋畏迷誤，明發更登歷。笑謝桃源人，花紅復來覯」兩首詩直與〈桃花源記〉相契會；而如：「草色日向好，桃源人去稀」（〈送錢少府還藍田〉）、「悠然策藜杖，歸向桃花源」（〈口號又示裴迪〉）、「杏樹檀邊漁父，桃花源裡人家」（〈田園樂〉之三）等詩，則直將居隱的山林田園自比爲桃花源境地了。關於王維山水田園詩中的「桃花源」意象，柯慶明認爲可視如〈擊壤歌〉：「日出而作，日入而息。鑿井而飲，耕田而食。帝力于我何有哉……」般順應自然的生活，他說：

> 最值得注意的一點倒不是王維把桃花源描成一個仙境，而是他把這種永生的意涵和無政府的自然生活，尤其是田園生活視爲一體；「居人共住武陵源，還從物外起田園。」，因而形成一種與在人世中成功任官的追求相對的返回自然的隱居生活的嚮往。〔註35〕

從王維詩中「五柳」、「桃源」等有關陶淵明的題材大量運用看來，王維對陶淵明率眞的性格、隱士的風範及田園隱逸的生活，確實是十分崇仰、嚮往的。

王維也常取材於晉謝安「東山」隱逸，及南朝何胤棲道「東山」的事蹟，〔註36〕而以「東山」作爲歸隱的象徵，如：

〔註35〕柯慶明：〈試論王維詩中的世界〉（上），《中外文學》，第6卷，第1期，第83頁。

〔註36〕晉・謝安與南朝・何胤均曾寓居會稽，隱於東山之中。《晉書・謝安傳》載：「（謝安）……寓居會稽，與王羲之及高陽許詢、桑門支遁遊處，出則漁弋山水，入則言詠屬文，無處世意。……有司奏安被召，歷年不至，禁錮終身，遂棲遲東土。……中丞高崧戲之曰：『卿累違朝旨，高臥東山，……』」（第79卷）；《南史・何胤傳》載：「胤

　　遂令東山客，不得顧採薇。(〈送別〉)

　　吾弟東山時，心尚一何遠。(〈戲贈張五弟諲〉之一)

　　遯世東山下，因家滄海隅。(〈濟上四賢詠——崔錄事〉)

　　然後解金組，拂衣東山岑。(〈送韋大夫東京留守〉)

　　幾日同攜手，一朝先拂衣。東山有茅屋，幸爲掃荊扉。(〈送
　　張五歸山〉)

　　不到東山向一年，歸來纔及種春田。(〈輞川別業〉)

這些稱人隱逸、送人歸隱、或描寫田園生活等的詩篇中，均以「東山」做爲居隱地的泛稱，是王維詩歌題材中十分重要的隱逸象徵。

　　阮籍是晉朝的率性的隱士，王維取材於阮籍著名的「青白眼」特徵〔註37〕以稱人隱逸的詩篇有：

　　科頭箕踞長松下，白眼看他世上人。(〈與盧員外象過崔處士興
　　宗林亭〉)

　　與君青眼客，共有白雲心。(〈贈韋穆十八〉)

　　三賢異七聖，青眼慕青蓮。(〈過盧員外宅看飯僧共題〉)

　　此外，王維以隱士爲題材所寫的詩篇還有：「賣藥不二價，著書盈萬言」(〈濟上四賢詠——鄭霍二山人〉)、「藥情韓康賣，門容向子過」(〈游李山人所居因題屋壁〉)，二詩皆以東漢韓康隱於山中、採藥賣藥事爲題材，稱人逸隱。〔註38〕「不厭向平婚嫁早，卻嫌陶令去官遲」(〈早秋山中作〉)中的「向平」，則與「門容向子過」(〈游

　　　　　　以會稽山多靈異，往游焉，居若邪山雲門寺。……至是胤又隱……
　　　　　　胤爲『小山』，亦曰『東山』。」(第30卷)

〔註37〕　《晉書·阮籍傳》：「籍容貌壞傑，志氣宏放，傲然獨得，任性不羈，……
　　　　　　又能爲青白眼，見禮俗之士，以白眼對之。及嵇喜來弔，籍作白眼，
　　　　　　喜不懌而退。喜弟康聞之，乃齎酒挾琴造焉，籍大悅，乃見青眼。」
　　　　　　(第49卷)

〔註38〕　《後漢書·韓康傳》載：「(韓康)常采藥名山，賣於長安市，口不
　　　　　　二價，三十餘年。時有女子從康買藥，康守價不移。女子怒曰：『公
　　　　　　是韓伯休那？乃不二價乎？』康歎曰：『我本欲避名，今小女子皆知
　　　　　　有我，何用藥爲？』乃遯入霸陵山中。」(第83卷)

李山人所居因題屋壁〉）的「向子」，同取材自東漢向長的居隱逸遊事。〔註38〕「復笑採薇人，胡爲乃長往」（〈偶然作〉之一）及「遂令東山客，不得顧採薇」（〈送別〉），乃藉殷湯伯夷隱於首陽山采薇而食的故事以寫隱逸。〔註40〕「楚國有狂夫，茫然無心想」（〈偶然作〉之一）及「復值接輿醉，狂歌五柳前」（〈輞川閒居贈裴秀才迪〉），是以春秋楚人陸通放隱佯狂事爲題材。〔註41〕「善卷明時隱，黔婁在日貧」（〈過沈居士山居哭之〉），以古賢人善卷的消遙山隱，與春秋魯人黔婁的清廉高節爲題材，稱許沈居士。〔註42〕「公吏奉繩組，安車去茅茨」（〈送高道弟耽歸臨淮作〉），則以東漢光武帝備妥安車玄纁，遣史聘嚴光的故事，稱許高道弟的才華出眾。〔註43〕

由上述諸多詩例，可知王維對歷史上隱士賢人的行誼事蹟皆極通曉，取以成爲詩歌中的豐富題材，正透顯出詩人對高士節操、隱逸生活的嚮往之情。

〔註39〕《後漢書·向長傳》載：「向長字子平，……隱居不仕，……建武中，男女娶嫁既畢，勅斷家事勿相關，當如我死也。於是遂肆意，與同好海禽慶俱遊五嶽名山，竟不知所終。」向長事並見晉·皇甫謐：《高士傳》，《叢書集成》，第 717 冊，卷中，第 83 頁。

〔註40〕伯夷隱於首陽山，采薇而食，及餓且死事見《史記·伯夷列傳》，第61 卷。

〔註41〕陸通，字接輿，春秋楚人，躬耕以食。楚昭王時，陸通見楚政無常，佯狂不仕，時人因而稱他「楚狂」。事見晉·皇甫謐：《高士傳》，上卷，第 36 頁。

〔註42〕善卷爲古代賢人，堯、舜皆曾以天下讓之，然善卷曰：「予立於宇宙之中，……日出而作，日入而息，消遙於天地間而心意自得，吾何以天下爲哉？」遂不受而去入深山，事見《高士傳》，上卷，第 14 頁。黔婁爲春秋魯人，國君曾欲授之以爲國相，辭而不爲；又曾賜粟三十鍾，亦辭而不受，事見《列女傳》，《四部備要》（中華書局，1934～1936 年版），第 108 函，第 1 冊，第 2 卷，第 8 頁。

〔註43〕《後漢書·嚴光傳》載：「少有高名，與光武同遊學。及光武即位，乃變名姓，隱身不見。帝思其賢，乃令以物色訪之。後齊國上言：『有一男子，披羊裘釣澤中。』帝疑其光，乃備安車玄纁，遣使聘之。三反而後至。舍於北軍，給牀褥，太官朝夕進膳。」（第 83 卷）

第三節　禪語佛理

　　王維中歲以後篤信佛教，熟通禪理佛典。他在詩中也曾表明：「身逐因緣法，心過次第禪。」（〈過盧員外宅看飯僧共題〉）在一些詩句中，他甚至一再強調欲學得「無生」境界：

　　　　誓陪清梵末，端坐學無生。（〈遊感化寺〉）

　　　　一心在法要，願以無生獎。（〈謁璿上人〉）

　　　　空居法雲外，觀世得無生。（〈登辨覺寺〉）

　　　　欲知除老病，惟有學無生。（〈秋夜獨坐〉）

所謂「生」，是緣起的作用，由於緣起，所以有宇宙間的一切相狀，並且相續相生；由於有「生」，所以有「滅」，生生滅滅，流動不息，幻化不已，這就是世俗的迷惑。因此佛教的宗旨就是要超越「生」「滅」之流，而達到「無生」的境界。〔註44〕《魏書・釋老志》解釋「無生」說：「漸積勝業，陶冶粗鄙，經無數形，澡練神明，乃致『無生』而得佛道。」（第一一四卷）前所引王維詩中說：「學無生」、「獎無生」、「得無生」，可見他十分致力於無生滅、入涅槃之眞理的追求，一切思想行爲必也以佛教爲依歸，甚至可說「佛」便是王維晚年所嚮往的精神境界，此嚮往與修爲對於王維詩歌創作的影響，便是佛語、禪典等有關佛教思想的題材大量運用。

　　王維詩中的佛語與禪典之運用極爲普遍，如：

　　　　積水浮<u>香象</u>，深山鳴<u>白雞</u>。<u>虛空陳妓樂</u>，衣服製虹霓。<u>墨</u><u>點三千界</u>，丹飛六一泥。（〈和未中丞夏日遊福賢觀天長寺之作〉）

　　　　共仰<u>頭陀行</u>，能忘<u>世諦情</u>。迴看雙鳳闕，相去<u>一牛鳴</u>。（〈與蘇盧二員外期遊方丈寺而蘇不至因有是作〉）

　　　　薄暮空潭曲，安禪制<u>毒龍</u>。（〈過香積寺〉）

　　　　時許山神請，偶逢洞仙傳。救世多<u>慈悲</u>，助心無行作。（〈燕子龕禪師〉）

〔註44〕「無生」一詞，意指：「涅槃之眞理，無生滅，故云無生。因而觀無生之理以破生滅之煩惱也。」（《佛學大辭典》，第350頁）

欲問義心義，遙知空病空。山河天眼裡，世界法身中。(〈夏日過青龍寺謁操禪師〉)

蓮花法藏心懸悟，具葉經文手自書。(〈苑舍人能書梵字兼達梵音皆曲盡其妙戲為之贈〉)

這些主題寫佛寺、僧人等佛教有關的詩歌，採用了佛語為題材；甚至許多主題無關佛教的詩歌也取材自佛家語典，如：

朝梵林未曙，夜禪山更寂。(〈藍田山石門精舍〉)

忽入甘露門，始知清涼樂。(〈苦熱〉)

愛染日已薄，禪寂日已固。(〈偶然作〉之三)

白法調狂象，玄言問老龍。(〈黎拾遺昕裴迪見過秋夜雨之作〉)

緣合妄相有，性空無所親。(〈山中示弟等〉)

如此廣泛且純熟地運用佛家語入詩，在唐代詩人中可謂絕無僅有，成為王維詩歌的特色之一，劉維崇《王維評傳》第五章說：

> 與佛有關係的詩用佛語固然可以，與佛沒有關係的，也雜以佛語，這在一般詩人中是很少見的。就是出過家做過和尚的賈島，在詩人裡也很少用佛家語。把佛家語用在律詩裡，〔註45〕不是一件簡單的事，因為律詩要講求對仗及平仄，如果不是對佛經佛典極深的研究，很難很自然的把佛家語用在詩裡。這充份證明瞭王維對佛經誦讀之熟，與瞭解之深。(第164頁)

漸為世人熟知，詩人偶爾採擷佛言入詩原也是十分自然，宋人魏慶之《詩人玉屑》便說：

> 古人作詩，多用方言，今人作詩，復用禪語。蓋是厭塵舊而欲新好也。〔註46〕

〔註45〕如前所引〈黎拾遺昕裴迪見過秋夜對雨之作〉、〈夏日過青龍封謁操禪師〉、〈過香積寺〉、〈和宋中丞夏日遊福賢觀天長寺之作〉、〈登辨覺寺〉、〈遊感化寺〉、〈與蘇盧二員外期遊方丈封而蘇不至因有是作〉等詩，皆為近體。

〔註46〕宋・魏慶之：《詩人玉屑》(臺北：商務印書館，1974年版)，「陵陽論用禪語」條，第6卷，第112頁。

明人胡應麟也認爲「曰僻曰禪，皆詩中本色。」〔註47〕但如清人趙翼則以爲可厭，其《甌北詩話》第五卷說：

> 東坡旁通佛老，詩中有彷《黃庭經》者，……自成一則。
> 至於摹仿佛經，掉弄禪語，以之入詩，殊覺可厭。〔註48〕

本文第二章第四節論「饒富禪趣」時，也曾引沈德潛語：「詩貴有禪理禪趣，不貴有禪語。」及紀昀語：「詩宜參禪味，不宜作禪語。」其實，詩中佛語、禪典若運用得當，未嘗不有畫龍點睛之妙，杜松柏《禪學與唐宋詩學》便說：

> 然禪語禪典苟點化得宜而入詩，亦未見其可厭也。……是則禪語禪典，實已充實詩家之素材及詞藻，所可議者僅用之有善不善之別而已，苟能轉法華，不爲法華轉則誠有助於詩，固無礙於詩也。〔註49〕

詩中引用佛家語既是當時潮流所趨，因此只要不致流於如魏晉的玄理詩一般，令人索然乏味，也未嘗不可藉此佳妙的運用以傳達佛學形態的意境。

　　茲舉〈胡居士臥病遺米因贈〉一詩爲例，以明王維詩中的佛家語運用：

> 了觀四大因，根性何所有。妄計苟不生，是身孰休咎。色聲何謂客，陰界復誰守。徒言蓮花目，豈惡楊枝肘。既飽香積飯，不醉聲聞酒。有無斷常見，生滅幻夢受。即病即實相，趨空定狂走。無有一法眞，無有一法垢。居士素通達，隨意善抖擻。牀上無氈臥，鍋中有粥否。齊時不乞食，定應空漱口。聊持數斗米，且救浮生取。

這首詩一共用了十一個佛家語，分別是：「四大」〔註50〕、「根性」〔註

〔註47〕明・胡應麟：《詩藪》（臺北：廣文書局，1973 年版），內篇，近體中，第 282 頁。

〔註48〕清・趙翼：《甌北詩話》（臺北：木鐸出版社，1982 年版），第五卷，第 63 頁。

〔註49〕杜松柏：《禪學與唐宋詩學》（臺北：黎明出版社，1978 年版），第 315 頁。

〔註50〕「四大」一詞，出自《維摩詰經》：「四大合故，假名爲身。四大無

51〕、「陰界」〔註 52〕、「蓮花目」〔註 53〕、「香積飯」〔註 54〕、「聲聞」〔註 55〕、「斷常見」〔註 56〕、「幻夢」〔註 57〕、「實相」〔註 58〕、「抖擻」〔註 59〕、「漱口」。〔註 60〕由於豐富的佛語題材運用，此詩讀來如觀《法華經》、《楞伽經》，又如遊心於《涅槃經》、《維摩詰經》，細細品味，更覺諸佛如在目前說法。王維自然地將這些佛經中語引用入詩，可謂巧妙；他不僅以佛語入古詩，也用佛語於近體詩中，講求平仄，實為前無古人的創舉。

第四節　社會現象

　　王維關懷社會而意存諷刺的詩篇，雖然是針對當時社會的不合理現象而發，但所運用的題材卻多為過去歷史的人物及故事，由這點足可見詩人敦厚、含蓄的作態度。比如〈西施詠〉與〈洛陽女兒行〉兩首詩，即皆以吳越時西施的傳奇背景為題材，以為諷諭：

主，身不無我。」
〔註 51〕「根性」一詞，出自《華嚴經》：「普現一切眾生心念根性樂欲，而無所現。」
〔註 52〕「陰界」一詞，出自《維摩詰經》：「是身是陰界諸人所共合成。」
〔註 53〕「蓮花目」一詞，出自《法華經》：「是菩薩目，如廣大青蓮花葉。」
〔註 54〕「香積飯」一詞，出自《維摩詰經》：「於是維摩詰不起於座，居眾會前，化作菩薩，而菩薩方共坐食，汝往到彼，如我辭同，願得世尊所食之餘，……於是香積如來以眾香缽，盛滿香飯，與化菩薩……其諸菩薩、聲聞天人食此飯者，身安快樂，又諸毛孔，皆出妙香。」
〔註 55〕「聲聞」一詞，出自《法華經》：「若有眾生，內有智性，從佛世尊聞法信受，殷勤精進，欲速出三界，自求涅槃，是各聲聞乘。」
〔註 56〕「斷常見」一詞，出自《涅槃經》：「眾生初見，凡有二種，一者常見，二者斷見。」
〔註 57〕「幻夢」一詞，出自《維摩詰經》：「是身如幻，從顛倒起，是身如夢，為虛妄見。」
〔註 58〕「實相」一詞，出自《法華經》：「唯佛與佛，乃能究盡諸法實相。涅盤經：無相之相，名的實相。」
〔註 59〕「抖擻」一詞，出自《釋氏要覽》：「頭陀，梵語杜多、漢言抖擻。謂三毒如塵，能坌汙真心，此人能振掉除去故。」
〔註 60〕「漱口」一詞，出自《釋氏法》：「每食後，必以楊枝漱刷口齒。」

艷色天下重，西施寧久微？朝爲越溪女，暮作吳宮妃。賤日
豈殊眾，貴來方悟稀。邀人傅脂粉，不自著羅衣。（〈西施詠〉）
洛陽女兒對門居，纔可容顏十五餘。良人玉勒乘驄馬，侍
女金盤膾鯉魚。……誰憐越女顏如玉，貧賤江頭自浣紗。（〈洛
陽女兒行〉）

前一首是以西施得君王寵幸後的「益驕態」、「無是非」，諷諭當時朝廷
中李林甫、楊國忠等人的仗勢非爲。（參見第二章第五節）後一首則藉
未入吳宮前猶且貧賤的浣紗女西施，反襯出豪門權貴的極盡奢華。這
兩首詩取材的角度雖不同，但用的都是西施的歷史故事。我們不妨再
想想王維所處的「漢皇重色思傾國」（白居易〈長恨歌〉）的時代背景，
又何嘗不與「艷色天下重」的吳國相仿？因此王維兩度意味深長地以
西施史事爲諷諭題材，也未嘗不與唐玄宗時的楊貴妃事件有關。

此外，〈洛陽女兒行〉中，「意氣驕奢劇季倫」、「城中相識盡繁華，
日夜經過趙李家」的「季倫」與「趙、李」；「許史相經過，高門盈四
牡」（〈偶然作〉之五）中的「許、史」、「翩翩繁華子，多出金張門」
（〈濟上四賢詠——鄭霍二山人〉）中的「金、張」，則都是歷史上著
名的驕奢巨富及外戚，（詳見第四章第三節）而被王維取以用做暗喻
當時社會豪門權貴的題材。

王維詩中關於出征塞外的主題描寫爲數頗多，充分反映了唐朝征
戰頻仍的時代背景，這些詩歌大量運用了霍去病、衛青、蘇武、李陵、
張飛歷史名將爲題材，如：

衛霍纔堪一騎將，朝廷不數貳師功。（〈燕支行〉）—— 漢衛
青、霍去病、李廣利。〔註61〕
見逐張征虜，今思霍冠軍。（〈送張判官赴河西〉）—— 三國張
飛、漢霍去病。〔註62〕

〔註61〕 「衛霍」指漢代大將衛青與霍去病；「貳師」指貳師將軍李廣利；見
《史記·李將軍列傳》，第190卷。
〔註62〕 「張征虜」指三國·張飛（《三國志·張飛傳》，第36卷）；「霍冠軍」
指霍去病（《史記、衛將軍驃騎列傳》，第111卷）

征西舊旍節，從此向河源。(〈送岐州源長史歸〉) —— 漢衛青、
霍去病。〔註63〕

玉靶角弓珠勒馬，漢家將賜霍嫖姚。(〈出塞作〉) —— 漢霍
去病。〔註64〕

出身仕漢羽林郎，初隨嫖騎戰漁陽。(〈少年行〉之二) —— 漢
霍去病。〔註65〕

衛青不敗由天幸，李廣無功緣數奇。(〈老將行〉) —— 漢霍
去病、李廣。〔註66〕

欲逐將軍取右賢，沙場走馬向居延。(〈送韋評事〉) —— 漢
衛青。〔註67〕

蘇武纔爲典屬國，節旍空盡海西頭。(〈隴頭吟〉) —— 漢蘇
武。〔註68〕

漢家李將軍，三代將門子。……既失大軍援，遂嬰穹盧恥。
少小蒙漢恩，何堪坐思此？深衷欲有報，投軀未能死。引
領望子卿，非君誰相理？(〈李陵詠〉) —— 漢李陵。〔註69〕

這些詩歌或寫征戰、或送征人、或詠古將，均取材於歷史上的名將及
其功績，其中尤以漢代將帥如霍去病、衛青、李廣、李廣利、李陵、
蘇武等佔絕大多數，柯慶明認爲，王維之所以大量運用漢時將師爲征
戰詩歌的題材，是因爲漢代爲中國歷史上的第一個盛世，無論文治、

〔註63〕左思〈詠史〉詩云：「當學衛霍將，建功在河源。」據此，則「向河
源」乃指衛青、霍去病而言。

〔註64〕漢·霍去病曾受封爲「嫖姚」校尉，見《史記·衛將軍驃騎列傳》，
第111卷。

〔註65〕霍去病曾受封爲「驃騎」將軍，見《史記·衛將軍驃騎列傳》，第111
卷。

〔註66〕王維此詩誤引霍去病「亦有天幸，未嘗困絕」爲衛青事，見《史記·
衛將軍驃騎列傳》，第111卷；李廣「無功緣數奇」，其事則見《史
記、李將軍列傳》，第109卷。

〔註67〕衛青曾夜取匈奴右賢王，事見《史記·衛將軍驃騎列傳》，第111卷。

〔註68〕蘇武奉使匈奴，十九年乃還，漢昭帝以蘇武爲典屬國，事見《漢書·
昭帝記》，第7卷。

〔註69〕李陵事見《史記·李將軍列傳》，第109卷。

武功、國祚均有相當規模，而唐代正是繼漢之後的第二個中國盛世，尤其王維生在盛唐，因此詩歌中常可見漢代盛世的意象運用。〔註70〕同時在這些有關征戰的描寫中，我們也可以發現，王維並不是一個極力抨擊戰爭的詩人，甚至在許多為將師朋友出征送行而作的詩歌如：〈送張判官赴河西〉、〈送韋評事〉、〈送趙都督赴代州得青字〉及〈送司直赴安西〉等作品中，王維猶且以勉勵、祝福的口吻，祈祝他們能效法前人，立功沙場！不過這當然也是因為站在朋友的立場及送行場合的緣故，我們並不能因此即斷言是主戰的。其實在〈哭殷遙〉、〈羽林騎閨人〉、〈失題〉、〈榆林郡歌〉及〈少年行〉等詩中，都可明確看出王維同情征人與征屬的態度及立場，可知王維也確曾深思過征伐頻仍為百姓所帶來的疾苦。

　　此外，在王維有關征戰的詩歌中，「角弓」及「寶劍」題材的運用也具特色，如：

　　　　風勁角弓鳴，將軍獵渭城。(〈觀獵〉)

　　　　玉靶角弓珠勒馬，漢家將賜霍嫖姚。(〈出塞作〉)

　　　　腰間寶劍七星文，臂上雕弓百戰勳。(〈贈裴旻將軍〉)

　　　　一身轉戰三千里，一劍曾當百萬師。試拂鐵衣如雪色，聊
　　　　持寶劍動星文。願得燕弓得大將，恥令越甲鳴吾君。(〈老將
　　　　行〉)

這些詩中的「角弓」或「寶劍」都寓有輔佐將軍展現威猛、建功沙場的意義，是王維作品中象徵英勇、功名的題材。

　　王維意含諷刺以及描寫征戰的詩歌，多以歷史人物或其事蹟為題材，一方面提昇了詩歌含蓄的效果，一方面也藉由這些顯為人知的人物或事蹟，幫襯詩情，突顯主題。

〔註70〕參見柯慶明：〈試論王維詩中的一些技巧和象徵〉，《境界的探求》，
　　　　　第224頁。

第四章　王維詩歌之抒情手法

第一節　清音爽朗

　　詩歌所以動人，除詩意優美之外，聲情所造成的效果亦爲重要因素，宋人沈德潛《說詩晬語》曾謂：

> 詩以聲爲用者也，其微妙在抑揚抗墜之間，靜氣按節，密詠
> 恬吟，覺前人聲中難寫，響外別傳之妙，一齊俱出。〔註1〕

王維詩之所以有感人共鳴的效果，詩中的樂音動聽實爲一不可忽視的重要原因。

　　王維在詩歌音樂性方面的傑出表現，與他家庭背景影響而精通音律有關。王維祖父冑曾任協律郎，協律郎屬太常卿，掌調和律呂，相當於漢樂府中的協律都尉，任此職者必定精通音律，能歌善舞。〔註2〕王維承蒙學，年少時即性嫻音律，妙善琵琶，〔註3〕《舊唐書·本傳》曾載一事以證王維妙解音律：

> 人有得奏圖，不知其名，維視之曰：「霓裳第三疊第一拍也。」
> 好事者集樂工之，一無差，咸服其精思。

〔註1〕宋：沈德潛《說詩晬語》，上卷，《詩話叢刊》，下冊，第1864頁。
〔註2〕詳見劉維崇：《王維評傳》，第一章，第2頁。
〔註3〕詳見唐·薛用弱：《集異記》，第2卷。

可知王維音樂造詣之高。開元七年（西元 719 年、王維十九歲）王維
得作解頭，一舉登弟，便是因爲奏了一曲聲調哀切的琵琶新曲「鬱綸
袍」，而得九公主賞識力薦；〔註4〕甚至王維死後，唐代宗仍十分懷念
他的曲子，曾對王縉說：「朕嘗于諸王座聞維樂章，今傳幾何？」〔註5〕

王維精熟音律，因此特別注重詩歌的音樂美。他在詩歌音響上所
表現的傑出成就涵蓋多種層面，茲分五點論之：一是詩多入樂；二是
情在韻中；三是雙聲疊韻；四是疊字聯綿；五是天籟自鳴；這五方面
的表現，共同諦造了王維詩歌憾人心絃的音樂效果。〔註6〕

一、詩多入樂

唐代樂工採名詩以入樂，入樂之詩則得以傳唱流行。〔註7〕王維
詩韻律優美，常爲樂工取以配樂，是初、盛唐詩人中入樂作品最多的
一位，明人胡震亨《唐音癸籤》嘗云：

> 唐人詩譜入樂者，初、盛王維爲多；中晚李盛、白居易爲
> 多。〔註8〕

〔註 4〕 此事詳見唐・薛用弱：《集異記》，第二卷。

〔註 5〕 語出《新唐書・王維本傳》。

〔註 6〕 這五點王維詩的音樂性特色，以詩多入樂爲首，主要是強調王維是
盛唐詩人中入樂作品最多的一位，因此有必要探討其詩之音樂性，
繼則進而討論王維詩中的情韻配合的情形、雙聲疊韻與疊字的精心
安排，以及對天籟美音的描述等音樂性具體呈現的情形。而情韻和
諧、雙聲疊韻、疊字聯綿，與天籟自鳴描寫等四點的突出表現，正
是王維詩歌入樂之所以爲盛唐最多的原因。

〔註 7〕 張世彬：〈中國文學與音樂〉說明唐代樂工取名詩配樂而傳唱流行的
情形爲：「到了唐代，流行歌曲有兩大類：一類是『聲詩』，是樂工
取詩人的名作配上曲調而成的歌曲。例如〈渭城曲〉（按：王維詩）
便是。這一類大抵以五、七語絕句爲多，於是流行了『四句體』這
種形式。」（《中外文學》，1975 年，第 4 卷，第 6 期，第 80 頁）；趙
殿成注王維〈扶南歌詞〉其三時亦云：「蓋唐時樂曲多採才人名句，
被之管絃而歌之，其聲律不諧者則改字就之，以叶宮商，不問其句
調之雅俗故也。」（《王右丞集箋註》，第 2 卷）

〔註 8〕 明・胡震亨：《唐音癸籤》（臺北：木鐸出版社，1982 年版），第 26
卷，第 275 頁。

王維的入樂詩作當時人所歌，流傳很廣，不僅唐代宗曾在諸王座聽過他的樂章；當時的名樂師李龜年更常在筵席上演唱他的〈相思〉與〈失題〉，這兩首詩不僅李龜年喜歡唱，當時的梨園子弟也經常演唱，宋人尤袤《全唐詩話》曾載：

> 祿山之亂，李龜年奔放江潭，曾於湘中採訪使筵上唱雲：「紅豆生南國，春（按原詩趙殿成注本作「秋」）來發幾枝？願君多採擷，此物最相思。」又：「秋風明月苦相思，蕩子從戎十載餘。征人去日慇懃囑，歸雁來時數附（按原詩趙殿成注本作「寄」）書。」此皆王維所製，而梨園唱焉。〔註9〕

由此可知王維詩當時廣為傳唱的情形。除了上述兩首之外，〈送元二使安西〉更是王維最負盛名，常被用來歌以餞別的作品：

> 渭城朝雨浥輕塵，客舍青青柳色新。勸君更盡一杯酒，西出陽關無故人。

這首情意深厚的送別詩，入樂後成為當時送別場合必唱的名曲。此曲又稱「渭城曲」、「陽關曲」或「陽關三疊」，〔註10〕劉禹錫〈與歌者〉詩曾提到：「舊人惟有何戡在，相與慇唱渭城」；白居易〈對酒〉詩中也有：「相逢且莫推辭醉，聽唱陽關第四聲」，可知王維此曲當時何其風行。

　　上述三首之外，由於唐代曲辭樂譜早已佚失，王維其他的入樂之作如今已難復知，但王維詩受古樂府歌謠音樂性的影響卻顯而易見，這點可由詩歌的體例、句法及句意三方面來看：

　　王維集中之樂府歌行體作品為數甚多，有倣古樂府之作，如：〈從軍行〉（「日暮沙漠陲」）〔註11〕及〈班婕妤〉三首〔註12〕等；有沿用

〔註9〕　清‧何文煥輯：《歷代詩話》，上冊，第1卷，第78頁。
〔註10〕宋‧郭茂倩：《樂府詩集》錄此詩入「近代曲辭」，題作〈渭城曲〉，其題解云：「〈渭城〉一曰〈陽關〉，王維之所作也。本送人使安西詩，後遂被於歌。……〈渭城〉、〈陽關〉之名蓋因辭云。」（《樂府詩集》，第80卷）
〔註11〕宋‧郭茂倩：《樂府詩集》收此詩入「相和歌辭」之平調曲，其題解云：「樂府解題曰：〈從軍行〉皆軍旅苦辛之辭。」（第33卷）
〔註12〕宋‧郭茂倩：《樂府詩集》收此詩入「相和歌辭」之楚調曲，題解云：「樂府解題曰：〈婕妤怨〉者，為漢成帝班婕妤作也。婕妤：美而能文，

樂府古題而自作新辭,不拘原意之詩,如:〈臨高臺送高拾遺〉、﹝註
13﹞〈隴西行〉﹝註14﹞等;也有以古樂府民歌精神創作的新樂府,如:
〈老將行〉、﹝註15﹞〈桃源行〉﹝註16﹞等。

王維作品中有三、三、七言者,如:

黃雀癡,黃雀癡,謂言青穀是我兒。(〈黃雀癡〉)

崇梵僧,崇梵僧,秋歸覆釜春不還。(〈寄崇梵僧〉)

不相見,不相見,來久日日泉水頭,常憶攜手。(〈贈裴迪〉)

顯然承襲漢、魏、南北朝歌謠所常用的三、三、七句法,如:

侯非侯,王非王,千乘萬騎上北芒。(〈侯非侯謠〉)

一束薪,兩頭燃。河邊羖䍽飛上天。(〈束薪謠〉)

南風起,吹白沙。遙望魯國何嵯峨,千歲髑髏生齒牙。(〈南
風謠〉)

除了上述三、三、七的句式特徵之外,如〈上田平〉中,「朝耕上平
田,暮耕下平田」兩句類疊,僅更換部份字詞的句法,在樂府古辭中
也常見,如:「朝發黃牛,暮宿黃牛」(〈三峽謠〉)、「魚戲蓮葉魚,魚
戲蓮葉西,魚戲蓮葉南,魚戲蓮葉北」(〈江南可採蓮〉)等等,由此
對照,顯見王維詩歌對漢魏樂府民歌音樂性句式的承襲之跡。

王維另有許多詩句脫胎自樂府古辭,如:「食餌凡幾許?徒思蓮
葉東」(〈納涼〉)仿〈江南可採蓮〉語;「寶劍千金裝,登君白玉堂。」

初爲成帝所寵愛;後幸趙飛燕姊弟,冠於後宮,婕妤自知見薄,乃退
居東宮作賦及紈扇詩以自傷悼,後人傷之而爲婕妤怨也。」(第43卷)

﹝註13﹞明·李攀龍選,日人森大來評釋:《唐詩選評釋》曰:「〈臨高臺〉是
古樂府曲名。依據樂府題而別開生面,是李青蓮不傳秘,當時摩詰
小詩亦得之。」(《唐詩選評釋》,第6卷,第504頁)

﹝註14﹞宋·郭茂倩:《樂府詩集》收此詩入「相和歌辭」之瑟調曲,題解云:
「樂府解題曰:古辭云:天上何所有,歷歷種白榆。始言婦有容色,
能應門承賓,次言善於王饋,終言送迎有禮。……若簡文帝隴西四
戰地,但言辛苦征戰,佳人怨思而已。」(第37卷)王維此作與簡
文帝的詩作同意,不拘古辭意。

﹝註15﹞宋·郭茂倩:《樂府詩集》將收此詩入「新樂府詩」,第90卷。

﹝註16﹞註同前。

（〈濟上四賢詠──成文學〉）仿〈相逢行〉古辭：「黃金爲君門，白玉爲君堂」以及「楚國無如妾，秦家自有夫。……人見東方騎，皆言夫婿殊」（〈雜詩〉）襲自〈陌上桑〉古辭等例，都可看出王維有心承用古樂府辭語以添益詩句的樸質之趣。由上述體例、句式及句意三方面看來，王維詩確實深受古樂府歌謠的影響，而古樂府可歌的音樂性，自然也給了王維的詩歌創作不少的啓示。

二、情在韻中

　　王維詩之所以常爲人取以入樂而歌，音韻優美是非常重要的因素。但所謂優美，應不僅止於韻腳的悅耳動聽而已，詩韻與詩的恰切配合往往更是一首詩深刻感人的關鍵。黃永武《中國詩學──設計篇》「談詩的音響」中說：

> 大凡詩歌中最成功的音節，能促使文字的音與義密切連結
> 起來，令音響與興會歸於一致，聲由情出，情在聲中，聲
> 情哀樂，一齊湧現，達到詩歌音響的妙境。〔註17〕

詩的聲與情若能一致，則抒情效果必可因韻律美的助襯，而有更整體、更完美的呈現。詩歌的韻腳，正是詩歌韻律中最重要的成份，它有輔助情境的音樂功用，「能使人們明瞭詩句的起訖以及章節的終點，……在那終點上反復其餘音，以造成一唱『三歎』的情緒效果。」〔註18〕且不同的韻類所傳達的情感意念也有所差異，如杜甫〈春望〉詩押侵韻，〈聞官軍收河南河北〉詩押陽韻，之所以分別能使淪陷長安的哀情更悲、收復失土的歡情更樂，便在於蕭滌非所曾指出的：尤、幽、侵、覃等韻較適合表達憂愁、東、江、陽等韻較宜寫歡樂之情。〔註19〕像蕭滌非這樣，指出韻類與詩歌情緒之關聯的論者不少，如傅

〔註17〕黃永武：《中國詩學──設計篇》（臺北：巨流圖書公司，1976年版），第153頁。

〔註18〕王夢鷗：《文學概論》（臺北：帕米爾書店，1964年版），第81頁。

〔註19〕參見蕭滌非：〈杜詩的韻律和體裁〉，《李白杜甫》（臺北：河洛出版社，1980年版）。

庚生《中國文學欣賞舉隅》中說，《詩經‧王風‧黍離》首章的韻腳
「苗、搖、悠、求」，有「悠徐忉怛之致」。〔註20〕近人王易《中國詞
曲史》之論更詳：

> 韻與文情關係至切：平韻和暢，上去韻纏綿，入韻迫切，
> 此四聲之別也。東董寬洪，江講爽朗，支紙縝密，魚語幽
> 咽，佳蟹開展，眞軫凝重，阮清新，蕭篠飄灑，歌哿端莊，
> 麻馬放縱，庚梗振屬，尤有盤旋，侵寢沉靜，覃感蕭瑟，
> 屋沃突兀，覺藥活潑，質術急驟，忽月跳脫，合蓋頓落，
> 此韻部之別也，此雖未必切定，然韻切者情亦相近，其大
> 較可審辨得之。〔註21〕

對於情由韻生的學理，訓詁學家亦有所研究，他們由字義起於字音，
因此同韻之字義必相近的觀點，歸納字根，推演出各韻類字共同的涵
意，說服力更強，如劉師培《左外集》第六卷〈正名隅論〉〔註22〕中，
便依嚴可均的古韻十六部，大略歸納、劃分出各韻類字所呈現的情
感。現將其說整理條列如下：

> 之類字 —— 多含「由下上騰」或寓「萬物萌生」之義。
>
> 支類脂類字 —— 多含「由此施彼」或「平陳」之義。
>
> 歌類魚類字 —— 多含「侈陳於外」、「擴張」或「粗略」之義。
>
> 侯類幽類宵類字 —— 多含「曲折、稜角」或「紆徐回轉」、
> 「斂縮幽隱」之義。
>
> 蒸類字 —— 多含「進而益上」，亦即「進步、發達」之義。
>
> 耕類字 —— 多含「上平下直」、「萌生」、「直挺」或「懸虛」
> 之義。
>
> 陽類東類字 —— 多含「高明美大」之義。

〔註20〕傅庚生：《中國文學欣賞舉隅》（臺北：地平線出版社，1970年版），
第206頁。

〔註21〕王易：〈構律第六〉，《中國詞曲史》（臺北：洪氏出版社，1981年版），
第283頁。

〔註22〕見《劉申叔遺書》（寧武南氏鉛印本，1936年版），第46冊，第1至
20頁。

　　侵類〔註23〕——多含「眾大高潤」、「發舒」或「推闡」之義。

　　眞類元類字——多含「抽引上穿」之義。

　　談類字——多含「隱暗狹小」、「不通」之義。

以上諸「類」是指各字字根所屬的上古韻部而言，且韻部所據是嚴可均的十六部，因此以下舉例討論盛唐王維詩時，均將詩中所用唐韻，先上溯對照出其所屬上古韻部於嚴可均十六部中的所屬韻部，而後依上表論其用韻與情境的關係。〔註24〕

　　〈自大散以往深林竹蹬道盤曲四五十里至黃牛嶺見黃花川〉是王維的一首五古，詩寫行進於險徑曲折的層峰疊嶺間，山勢盤桓，深林隱映，山雨颯颯；而後峰廻路轉，終見山頭悠悠白日，心中逐曠然而憂消。王維所用「休、丘、流、頭、悠、浮、憂」等韻腳，屬嚴可均上古韻部中的七幽類。據前列條例所論，幽類字多含「曲折有稜、隱蔽歛縮、紆徐囘轉」義，與此詩所描述的山行心境完全洽合。又如：〈酬張少府〉：「晚年惟好靜，萬事不關心」、「松風吹解帶，山月照彈琴」，詩人的心境沉穩平靜，用韻時也選擇「沉靜」的侵韻，使全詩的氣氛更趨超然高逸。〈輞川閒居〉：「青菰臨水映，白鳥向山翻」，以清麗的笛致繪寫輞川美景，再配合「清新」的元韻，使山居閒情更能融入自然中表達。〔註25〕〈終南山〉極力誇述山勢高峻遼闊，而以含有「擴張侈陳於外」意義的上古魚部爲韻，益發突顯全詩的宏偉氣勢。〈春日

〔註23〕嚴可均將東韻分爲東、冬二類，並將冬類併入十五侵類中，故而此侵類實含冬類字在內。

〔註24〕本文做法，先將王維詩韻腳所屬廣韻韻部查出：再依董同龢《漢語音韻學》「古韻分部」表，對照出其所屬的董同龢（廿二部）部類；再依周師法高：《中國音韻學論文集》（香港：中文大學出版社，1984年版）「論上古音」中的「諸家古韻部居次第標目對照」表，將董同龢的古韻部轉換成嚴可均的十六部而成。不過，誠如黃永武所說：「劉（師培）氏雖在每類中舉了不少字爲例，說明音與義的關係，但畢竟只是一項假設，在仔細深入分析之前，不必遽爾承認是定論，我們試將這種假設，用之於詩歌韻部的欣賞上去，也只是屬於假設性的嘗試。」（《中國詩學——設計篇》，第159頁）

〔註25〕王易：《中國詞曲史》，第283頁。

上方即事〉:「柳色春山映,梨花夕鳥藏。北窗桃李下,閒坐但焚香」以含「高明美大」意的上古陽類字為韻,更能表現詩人在亮麗春日的朗淨心情。

此外,如上古東類字多有「高明美大」或「寬洪」意涵,王維便用以寫〈漢江臨汎〉:「江流天地外,山色有無中。郡邑浮前浦,波瀾動遠空。」的壯濶江景;及〈夏日過青龍寺謁操禪師〉寫夏日裡獨步謁禪師的自在無礙心境,均十分妥切。廣韻真韻適合凝重氣氛,王維便用以寫哀輓作品如:〈故太子太師徐公輓歌〉之三、〈達奚侍郎夫人寇氏輓歌〉之一、〈恭懿太子輓歌〉之三,以及送別的作品:〈送李判官赴江東〉、〈送邱為往唐州〉、〈送元中丞轉運江淮〉、〈送劉司直赴安西〉、〈送孫二〉、〈送邱為落第歸江東〉等,這些詩中的哀情因有「凝重」真韻的助襯而益覺淒惻。上古支類、脂類字多含「平陳」之義,王維有許多恬淡平和的山居生活描寫,或幽靜沖澹的自然風景舖敘、便都是以這類字為韻,如:〈山居即事〉、〈歸輞川作〉、〈蓮花塢〉、〈送別〉(「山中相送罷」)(以上屬上古脂類)、〈斤竹嶺〉(上古支類),這些情境沖和的山水田園詩,配合「平陳」的支、脂韻部,頗能收聲情相切的效果。而如〈山居秋暝〉、〈宮槐陌〉、「華子岡」、「南垞」、「萍池」等刻畫自然的小詩,以上古之部為韻,則是因為之類字寓含「萬物萌生」的意涵,最能將自然詩中萬物生生不息的意趣發揮得淋漓盡至。

王維古詩在換韻時,也多能注意韻意雙轉的配合,使韻隨轉,增添活潑變化。如〈送魏邵李太守赴任〉的前段,舖陳李峴行往就任地途中翻山渡川的過程,以上古脂部為韻(「離、陂、塞、外、稀、騑」),表「平陳、由此施彼」之意,與赴任途旅的內容正合;而後詩意轉至作者這廂悲送遠望的情景,便改用魚類韻(「路、故」)以表「侈陳於外」的引頸遙望心情;詩尾聯想到李峴上任後的英姿煥發、效古賢士精神,又改協有「聯引」意涵的真類字(「雲」、「軍」),以表聯想之意。

由上述諸多詩例,可知王維擅用詩意呈現相近情感的韻部為韻,使聲情交融,達到韻律動聽,主題情懷也更形鮮明、突出的效果。

三、雙聲疊韻

　　兩字聲紐相同爲雙聲，兩字韻母相同爲疊韻。〔註26〕雙聲疊韻是中國語言文字所特有的美麗音聲，雙聲給人和諧而快速的感覺，疊韻則予人優美而和緩的感受，在詩句的音樂表現上，它們造成了鏗鏘宛轉的聲音美感。〔註27〕尤其雙聲疊韻詞大多聲、義相關，常可佐助詩句達到音義相切的境界，因此是詩歌的音樂藝術中十分重要的一環。

　　王維詩中雙聲複詞的運用佳例頗多，如：「慷慨倚長劍，高歌一送君。」(〈送張判官赴河西〉) 中，「慷慨」二字俱屬牙音溪紐，「高歌」俱屬牙音見紐。據汪經昌〈曲學釋例〉分析，牙音字有豁顯的感覺，傅庚生則認爲牙音濁重。〔註28〕王維於此上下各用了一個牙音的雙聲詞，正將其送君遠征的激昂惕勵與別情深重，藉氣勢盤阻而鏗鏘的牙音表達得淋漓盡至，如：

　　　　非但慷慨獻奇謀，意氣兼將身命酬。(〈夷門歌〉)

　　　　慷慨念王室，從容獻官箴。(〈送韋大夫東京留守〉)

也都是牙顎音豁顯、濁重等特質的應用。

〔註26〕兩字反切上字同屬一紐，是爲同紐雙聲；不同紐而同一發音部位（唇、舌、齒、牙、喉），則爲同位雙聲。周春以同紐雙聲爲正格。兩字反切下字同屬一韻類，是爲疊韻；不同韻但上古同一韻部，則爲古疊韻。周春云：「若就廣韻二百六部或獨用或通用，如今平水本此，爲疊韻正格。倘字音逼近，則雖律詩不通，而古詩可通之韻，亦合疊韻之正也。」(周春：《杜詩雙聲疊韻譜括略》，《杜詩又叢》，京都中文出版社，1977 年版，第 8 冊，第 29、47 頁。)

〔註27〕說見曾永義：〈影響詩詞曲的節奏要素〉，《中外文學》，1976 年版，第 4 卷，第八期，第 19 頁；劉若愚：《中國詩學》也說：「認爲它們（雙聲疊韻）一定增加某種特殊的效果，也許是迂儒的說法，但是，它們的確增加了詩之一般的音樂效果，卻仍然是事實。」(《中國詩學》，第三章，第 54 頁)

〔註28〕汪經昌云：「古樂家即就此參差有別之聲域，分析其不同之音質喉之音，深而厚；顎之音（即牙音），豁而顯；舌之音，和而平；齒之音，清而屬；唇之音，柔而微。」(汪經昌：《曲學釋例》，臺北：中華書局，1971 年版，第一卷，第 4 頁)；傅庚生則說：「喉音、牙音皆澤重；舌齒唇諸音則較清利。」(《中國文學欣賞舉隅》，第 209 頁)

「惆悵」一詞在王維詩中屢見，它以汪經昌所說清屬的齒音，表達悵惘蕭然的心境，如：

> 平蕪綠兮千里，眇惆悵兮思君。（〈送友人歸山歌〉之二）

> 臨觴忽不禦，惆悵遠行客。（〈春中田園作〉）

> 送君盡惆悵，復送何人歸。（〈送張五歸山〉）

> 惆悵新豐樹，空餘天際禽。（〈送從弟蕃游淮南〉）

> 歸與紲微官，惆悵心自咎。（〈晦日遊大理韋卿城南別業〉之二）

各詩均因「惆悵」的聲、義輔助，使淒然情緒有最適切的表達。

另如「淒清」、「蕭索」及「憔悴」等雙聲的應用亦佳：

> 行人何寂寞，白日自淒清。（〈哭殷遙〉）

> 秋風正蕭索，客散孟嘗門。（〈送岐州源長史歸〉）

> 鳳凰九雛亦如此，慎莫悉思憔悴損容輝。（〈黃雀癡〉）

這幾首詩也都是利用齒音的尖銳犀屬，表愁慘淒惻的悲涼情境。

齒音的細碎特質，有時亦可造就出精巧細緻意涵的雙聲字，如：「蹴踘屢過飛鳥上，鞦韆競出垂楊裡」（〈寒食城東即事〉），「蹴踘」、「鞦韆」兩個對仗精巧的清母齒頭音雙聲，益發突顯了輕盈靈動的句意。又如：「迢遞嵩高下，歸來且閉關」（〈歸嵩山作〉），「迢遞」為舌音定紐雙聲，舌音字感覺和平，與此詩安和悠閒的還家心境正合。迢遞又可寫成迢遰，為遠望懸絕之意，（定紐字多有遠小意味），在〈歸嵩山作〉中表平遠遙小，頗能傳達閒適歸隱的氣氛。〔註29〕另在「惆悵極浦外，迢遞孤煙出」（〈和使君五郎望遠思歸〉），王維以「迢遞」與「惆悵」對仗，除音律更顯精巧悅耳外，所表現高懸的句意及遠望遙思的題旨，也都與聲情切合。再則如：「清溪一道穿桃李，演漾綠蒲涵白芷」（〈寒食城東即事〉），「演漾」為喉音喻紐雙聲，深喉音往往予人寬宏之感，因而以「演漾」形容清溪的流蕩起伏、水波滿溢，蒲葉芷草載浮其上，益顯聲美意切。

〔註29〕詳見黃永武：《中國詩學——設計篇》，第 189 頁。

除牙、齒、舌、喉音的雙聲作用外，另如唇音明母字，王力認爲多「表示黑暗或有關黑暗的概念」〔註30〕，王維詩亦不乏此類雙聲的運用，如：

　　孤帆萬裡外，淼漫將何之？（〈送高道弟耽歸臨淮作〉）

　　廻瞻舊鄉國，淼漫連雲霞。（〈渡河到清河作〉）

　　曾是厭蒙密，曠然消人憂。（〈自大散以往深林密竹蹚道盤曲四五十裡至黃牛嶺見黃花川〉）

　　跳波誰揭厲，絕壁免捫摸。（〈燕子龕禪師〉）

便皆以明母雙聲字：「淼漫」、「蒙密」、「捫摸」等，表模糊不清之意。

　　疊韻在王維詩中的運用亦廣。如「高館臨澄陂，曠望蕩心目」（〈晦日遊大理韋卿城南別業〉之四）與「山口潛行始隈隩，山開曠望旋平陸」（〈桃源行〉）二詩中的「曠望」二字，同屬廣韻中的漾、宕合用韻，在嚴可均十六部中屬十三陽韻，據劉師培所考，此韻部字多含「高明美大」意，用在上述二詩中，寫朗闊敞明的視野與心境，聲意貼切。又：「泱漭無人知」（〈送高道弟耽歸臨淮作〉）中的「蕩漭」，及「當復隔山陂，蒼茫秦川盡」（〈送魏郡李太守赴任〉），「浮雲爲滄茫，飛鳥不能明」（〈哭殷遙〉）中的「蒼茫」，則皆利用上古陽韻類字的「廣大」特質，造成以聲助意的抒情效果。

　　「蕭條」爲廣韻蕭韻的疊韻字，屬嚴可均的宵類，這類字有「歛縮衰隱」之意，王維詩句如：「衰柳日蕭條，秋光清邑裡」（〈休假還舊業便使〉）及前段曾引的「蕭條聞哭聲」（〈哭殷遙〉），即皆含寥落哀涼意味，若非以此意帶幽隱的疊韻字來形容，便難有如此淒切的效果。

　　又如：〈雪中憶李揖〉一詩，由積雪滯礙的阡陌，思憶起友人故舊，但「長安千門復萬戶，何處蹀躞黃金羈？」卻無處尋追。其中同屬廣韻帖韻的「蹀躞」二字，在上古屬於多含「隱暗不通」意的談類去聲字，在此詩中幫助凝滯意象的表達，效果倍增。〈斤竹嶺〉：「檀

〔註30〕王力：《漢語史稿》（香港：波文書局，未載出版年月），第541頁。

攣映空曲，青翠漾漣漪」中，以「檀攣」疊韻形容美貌，與它所屬上古元韻的「抽引上穿」意涵，也頗有聲義互襯的作用。〈遊感化寺〉：「龍宮連棟宇，虎穴傍簷楹」中，「龍宮」為上古東類疊韻，東類字含「高明美大」意，正與感化寺如龍宮般的氣勢相符合。〈遊感化寺〉：「抖擻辭貧裡，歸依宿化城」中，「抖擻」為上古侯類疊韻，侯韻的「曲形」意涵，更增添了「抖擻」奮發的動態感。而如〈雙黃鵠歌送別〉：「幾往返兮極浦，尚徘徊兮落暉」及〈晦日遊大理韋卿城南別業〉之四：「應接無閒暇，徘徊以躑躅」中的「徘徊」，則在加強不捨離去的情緒力量，這些都是十分出色的疊韻安排。

此外，王維也多半以對仗句的型式來安排雙聲、疊韻，除了音樂效果較單句的運用更勝一籌外，更能突顯對仗句的對稱精巧，如：

> 寥落雲外山，迢遙舟中賞。（〈送宇文太守赴宣城〉）

> 萬裡鳴刁門，三軍出井陘。（〈送趙都督赴代州得青字〉）

> 致君光帝典，薦士滿公車。（〈上張令公〉）

> 瀑布杉松常帶雨，夕陽彩翠忽成嵐。（〈送方尊師歸嵩山〉）

> 山中習觀朝槿，松下清齊折露葵。（〈積雨輞川莊作〉）

> 野鶴終踉蹌，威鳳徒參差。（〈送高道弟耽歸臨淮作〉）

> 閒居日清靜，脩竹自檀欒。（〈沈十四拾遺新竹生讀經處同諸公之作〉）

> 鳥道一千里，猿啼十二時。（〈送楊長史赴果州〉）

這些對仗句中的雙聲、疊韻，不僅協助句意的對偶工整，在旋律上也造成前後呼應之美。

王維詩中錯落有致的雙聲、疊韻安排，不僅豐富了詞彙，使音調增添了抑揚頓挫的曼妙變化，且其聲情相輔的特性，也幫助詩歌呈現了更諧美的抒情效果。

四、疊字聯綿

疊字又稱重言，即單字的重疊；常用以形容物狀或摹擬物聲。如

〈詩經・小雅・鹿鳴〉中，「蕭蕭馬鳴」爲摹聲、「悠悠旆旌」爲描狀；古詩十九首中〈青青河畔草〉的「青青河畔草，鬱鬱園中柳。」則寫色彩與光影。這些疊字強化了形容詞語的意涵，也對詩歌的音樂效果有十分可喜的影響。黃永武闡釋疊字的功用爲：

> 當單字不足以盡其態，則以重言疊字在音響上有極微妙的
> 功用，既可以使語氣完足，又可使聲調動聽。疊字如用得
> 靈妙，可以達到「摹景入神」「天籟自鳴」的妙境。〔註31〕

疊字在音響上除可補足語氣，變化聲調之外，加快詩句的節奏也是一大影響。另外在詩意上。清人王士禛認爲，疊字可倍增單字形容的效果，他舉例說：

> 七言律有以疊字益見悲壯者，如杜子美「無邊落木蕭蕭下，
> 不盡長江滾滾來。」……有以疊字益見蕭散者，如王摩詰
> 「漠漠水田飛白鷺，陰陰夏木囀黃鸝。」〔註32〕

王維詩中的疊字運用極爲普通且純熟，王士禛在此所舉〈積雨輞川莊作〉中的：「漠漠水田飛白鷺，陰陰夏木囀黃鸝」，即一佳例。〔註33〕此一對句若無「漠漠」、「陰陰」，則「水田飛白鷺，夏木囀黃鸝」僅是極平常的初夏農村描寫，但有了「漠漠」（屬嚴可均韻部中的魚類字，多含「侈陳於外」意）二字寫水田廣遠，「陰陰」（影紐喉音字，據王力〈漢語史稿〉，常表「暗鬱」意）二字寫夏木濃陰後，田野景致便因疊字的聲情助襯而更鮮明活現，詩句音調也因疊字的變化而益發宛轉悅耳。〔註34〕宋人葉夢得《石林詩話》盛讚這兩組疊字曰：

〔註31〕《中國詩學──設計篇》，第191頁。
〔註32〕清・王士禛：《帶經堂詩話》（北京：人民文學出版社，1963年版），「古夫於亭雜錄」，「眞訣類」，第3卷。
〔註33〕宋・周紫芝：《竹坡詩話》評「漠漠水水飛白鷺，陰陰夏木囀黃鸝。」二句時說：「摩詰四字（「漠漠、陰陰」）下得最爲穩切。」（見《歷代詩話》，第2卷，第34頁）；唐・李肇：《國史補》曾謂此聯原爲李嘉祐詩，而王維竊取之；然胡應麟《詩藪》認爲：「摩詰盛唐，嘉祐中唐，安得前人預偷來者？」且宋・計有功：《唐詩紀事》也強調李嘉祐並此詩句，可知王維並未竊取嘉祐句。
〔註34〕清・李日華：《恬致堂詩話》曰：「王摩詰但加漠漠陰陰四字，而氣

> 詩下雙字極難，須使五言七語之間，除去五字三字外，精
> 神興致，全見於兩言，方爲工妙。唐人記「水田飛白鷺，
> 夏木囀黃鸝」爲李嘉祐詩，王摩詰竊取之，非也，此兩句
> 好處，正在添「漠漠」、「陰陰」四字，此乃摩詰爲嘉祐點
> 化，以自見其妙，如李光弼將郭子儀軍，一號令之，精采
> 數倍，不然嘉祐本句但是詠景耳，人皆可到。〔註35〕

葉夢得對王維雙疊字的形容，絕非過譽，使詩句化平凡爲神妙，正是
王維詩中疊字最重要的價值。

王維詩中的疊字，以「悠悠」一詞的運用最爲頻繁。「悠」屬上
古幽韻，其韻字多爲「紆徐迴轉」意，因此王維或以「輕舸迎上客，
悠悠湖上來」(〈臨湖亭〉)、「東郊春草色，驅馬去悠悠」(〈送徐郎中〉)、
「南陌去悠悠，東郊不少留」(〈送崔三往密州覲省〉)寫徐緩的動移；
或以「朱欄將粉堞，江水映悠悠」(〈送康太守〉)、「清川興悠悠，空
林對偃蹇」(〈戲贈張五弟諲〉之一)寫水波柔漾；或以「悠悠西林下，
自識門前山」(〈崔濮陽兄季重前山興〉)、「清夜何悠悠，扣舷明月中」
(〈送綦毋校書棄官還江東〉)寫閒適情懷；又或以「夜靜群動息，蟋
蛄聲悠悠」(〈夜獨坐懷內弟崔興宗〉)寫遠傳來的啾啾蟲鳴；均能充
分利用「悠悠」音聲上的紆徐意涵，爲詩句做了最優美的妝襯。

此外，又如：「更待風景好，與君藉萋萋」(〈座上走筆贈薛璩慕
容損〉)、「上蘭門外草萋萋，未央宮中花裡樓」(〈聽百舌鳥〉)及「萋
萋芳草春綠，落落長松夏寒」(〈田園樂〉之四)，皆以「萋萋」形容
芳茂美；「嫋嫋秋風動，淒淒煙雨繁」(〈和陳監四郎秋雨中思從弟
據〉)、「欲歸江淼淼，未到昔淒淒」(〈送張五諲歸宣城〉)，及「風淒
淒兮夜雨，神之來兮不來」(〈魚山神女祠歌──迎神曲〉)，均以「淒
淒」寫清冷悲景；又如：「一步一廻首，遲遲向近關」(〈留別丘爲〉)、
「更欲邀奇功，遲遲前相送」(〈送陸員外〉)及「騎連連，車遲遲」

象如生。」(《叢書集成》，第 570 冊，第 4 卷，第 34 頁)
〔註35〕宋・葉夢得：《石林詩話》，《詩話叢刊》(臺北：弘道文化事業公司，
1978 年版)，上冊，上卷，第 754 頁。

(〈送李睢陽〉)，三用「遲遲」於送別詩中，表依依難捨之分手情狀，頗能添益愁緒。凡此皆擅用疊字以助形容的佳例。

王維詩中疊字的運用極盡變化，除了上述諸例用以形容情緒、動作或景物情狀之外，也有摹聲之例，如：「颯颯松上雨，潺潺石中流」(〈自大散以往深林密竹磴道盤曲四五十裡至黃牛嶺見黃花川〉)、「颯颯秋雨中，淺淺石溜瀉」(〈欒家瀨〉)二詩，以「颯颯」描摹雨聲，「潺潺」描摹溪流聲；「藹藹樹色深，嚶嚶鳥聲繁」(〈同盧拾遺過韋給事東山別業廿韻給事首春秋休沐維已陪游及平是行亦預聞命會無車馬不果斯諾〉)以「嚶嚶」擬鳥鳴；「猶勝黃雀爭上下，唧唧空倉復若何？」(〈青雀歌〉)以「唧唧」摹雀聲等等。也有以疊字摹色者，如「山寂寂兮無人，又蒼蒼兮多木」(〈送友人歸山歌〉之一)、「倏雲收兮雨歇，山青青兮水溰溰」(〈魚山神女祠歌——送神曲〉)等。這些摹狀的疊字，渲染了景物的氣氛，也增強了作品的感染力。

此外，王維以疊字嵌入對句的情形也十分普遍。如：

悠悠長路人，曖曖遠郊日。(〈和使君五郎西樓望遠思歸〉)

欣欣春遲阜，澹澹水生陂。(〈贈裴十迪〉)

小小能織綺，時時出浣沙。(〈雜詩〉)

渺渺孤煙起，芊芊遠樹齊。(〈青龍寺曇壁上人兄院集〉)

淼淼寒流廣，蒼蒼秋雨晦。(〈答裴迪〉)

更有於一詩中屢用疊字之例，如：

青青楊柳陌，陌上別離人。……切切委兄弟，依依向四鄰。……車從望不見，時時起行塵。(〈觀別者〉)

麥漸漸，雉子斑。槐陰陰，到潼關。騎連連，車遲遲。……齊兒碎碎織練與素絲，……鶯聲喊喊魯侯旗。(〈送李睢陽〉)

可見王維在狀情寫物時，對疊字的依賴之深。王維詩中疊字運用之廣，實為詩歌樂音上的一大特色，藉著這些重疊的字音，詩情句意得以妥切表出，詩歌的節奏及語法也都憑添了一些曼妙變化。王維一向被推為山水田園詩派的代表，風格清新脫俗，而這種風格的形成，除

內容詞藻之外，**聲韻節奏**所形成的悅耳音效，應也是最重要的因素。

五、天籟自鳴

除了詩歌字句上的聲韻安排由於王維精熟音律而有突出表現之外，王維詩中另有一種音響效果爲一般詩人所不及，那便是對聽覺聲響的描寫。本文第二章第三節曾討論王維詩中優美的畫意，可知王維對視覺效果的描繪十分用心且成功。而在聽覺效果方面，他同樣也有極爲仔細的雀察與敘述。使詩篇讀來頗有身歷其境的臨場感，彷彿音聲響動耳際，因此不論是愉鳴或哀唱，都能倍增其抒情效果，使詩歌的視、聽境界得以畢現。

唐人薛用弱《集異記》曾載，王維妙善妙善琵琶，嫺熟音律。由一些詩作看來，王維的確擅長琴奏，並喜寄情於琴音之中，如：

酌酒會臨泉水，抱琴好倚長松。（〈田園樂〉之七）

松風吹解帶，山月照彈琴。（〈酬張少府〉）

悵別千餘裡，臨堂鳴素琴。（〈送權二〉）

獨坐幽篁裡，彈琴復長嘯。（〈竹里館〉）

從這些詩中可以看出，鳴琴高歌是王維生活中不可或缺的寄託。正因他愛樂、知樂，所以特別對周遭所有聲響皆能關注聆聽，並於詩中精心表現。比如他曾描摹山水自然中的天籟：

高柳早鶯啼，長廊春雨響。（〈謁璿上人〉）

鵲巢結空林，雖雛響幽谷。（〈晦日遊大理韋卿城南別業〉之四）

秋晚田疇盛，朝光市井喧。漁商波上客，雞犬岸旁村。（〈早入滎陽界〉）

蟲客聞山響，歸房逐水流，野花叢發好，穀鳥一聲幽。夜坐空林寂，松風直似秋。（〈過感化寺興上人山院〉）

雀噪荒村，雞鳴空館。（〈酬諸公見過〉）

這些大自然中的動人音響，使王維山居田園的生活情景更能細微而具體的呈現。

　　送別的哀調，也是王維詩歌聽覺中的一個重點描寫：

　　鐃吹發夏口，使君居上頭。(〈送唐太守〉)

　　鐃吹發西江，秋空多清響。(〈送宇文太守赴宣城〉)

　　按節下松陽，清江響鐃吹。(〈送縉雲苗太守〉)

　　猿聲不可聽，莫待楚山秋。(〈送賀送員外外甥〉)

藉著鐃吹，猿啼等愁音，王維將別離氣氛渲染得備極哀切，充份發揮
了音聲動人的作用。

　　此外，塞外的悲聲壯音，在王維詩中亦時有所聞，如：

　　吹角動行人，喧喧行人起。笳悲馬嘶亂，爭渡金河水。日
　　暮漠垂，戰聲煙塵裡。(〈從軍行〉)

　　風勁角弓鳴，將軍獵渭城。(〈觀獵〉)

　　疊鼓遙翻瀚海波，鳴笳亂動天山月。(〈燕支行〉)

　　萬裡鳴刁鬥，三軍出井陘。(〈送趙都督赴河西充行軍司馬〉)

　　黃雲斷春色，畫角起邊愁。(〈送平淡然判官〉)

　　隴頭明月迴臨關，隴上行人夜吹笛。(〈隴頭吟〉)

王維在塞上一類的詩中，總不忘描摹大漠煙塵裡的聲響，或為雄壯震
撼的征鼓戰聲，或為撩人鄉愁的悲羌夜笛，均將邊塞悲涼的體會感
觸，表現得深刻有力。

　　除了上述種種不同風味的聽覺描寫之外，下列幾首詩亦印證王維
有意將情感融寄於音聲中的用心：

　　秋月臨高城，城中管弦思。(〈羽林騎閨人〉)

　　山頭松柏林，山下泉聲傷客心。(〈雙黃鵠歌送別〉)

　　悲急管，思繁絃。(〈魚山神女祠歌 —— 送神曲〉)

其音聲之描寫皆融入情思，則情感之抒發便隨樂音之飄送而更加柔婉
動人。王維以聲寄情、藉音抒情，將詩情蓄蘊於聽覺描寫中，靈活變
化了抒情的手法；而讀者亦因其詩豐富之音樂性而觸發了更細膩的情
感共鳴。

第二節　譬喻多樣

　　中國抒情詩貴在含蓄、有餘味，欲抒發的情感，若明白說出則嫌淺直，不如醞藉出之較耐人尋味。如《詩經‧邶風‧新臺》：「「新臺有泚，河水瀰瀰；燕婉之求，籧篨不鮮。新臺有洒，河水浼浼；燕婉之求，籧篨不殄。魚網之設，鴻則離之；燕婉之求，得此戚施。」〔註36〕前兩章直賦其事，便得直而寡味；第二章以比法喻之，便覺深刻不俗。某些不易以文字表達的效果，也可用比喻以助形容。〔註37〕如白居易〈琵琶行〉：「大弦嘈嘈如急雨，小弦切切如私語。嘈嘈切切錯雜彈，大珠小珠落玉盤」，即以具體事物比狀弦音，聲響如聞。比喻亦能美化文辭，如唐僧佳句：「聽雨寒更盡，開門落葉深」（無可上人〈秋寄從兄島〉），以落葉喻雨聲，即為「利用譬喻，變文成辭」〔註38〕的佳例。

　　比喻，確實是中國詩歌所以能意在言外、含蓄委婉而又曲盡形容的重要修辭手法。它運用聯想以加強詩歌的表現力、說服力，使傳情達意的效果更為顯明。〔註39〕但比喻之出色須符合原則如下：第一，喻意貼切，即《文心雕龍‧比興篇》所言：「比類雖繁，以切至為貴，若刻鵠類鶩，則無所取焉」；第二，創新而易懂；〔註40〕第三，本體、

〔註36〕《詩序》言此詩：「刺衛宣公也。納伋之妻，作新臺於河上而要之，國人惡之而作是詩。」

〔註37〕《文心雕龍‧比興篇》有言：「夫比之為義，取類不常：或喻於聲，或方於貌或擬於心，或譬於事。」意指各種比喻皆意在增益描述或形容的效果。

〔註38〕語見郭紹虞：〈譬喻與修辭〉，《國文月刊》（1947年版），六十期，第8頁。北宋名僧釋惠洪《冷齋夜話》舉無可上人此詩說：「唐僧多佳句，其琢句法心物以意而不指語某物，謂之象外句。」（《詩話叢刊》，下冊，第6卷，第1667頁）

〔註39〕宋振華等編：《現代漢語修辭學》（吉林人民出版社，1984年版）第四章，第83頁中說比喻的效果為：「用具體的、形象的事物，或者通俗的、淺顯的道理作比方，來表達與它不同的、抽象的、陌生的事物，或抽象的、深奧的道理。」因此能使所傳達的情意，更加深刻鮮明。

〔註40〕譬喻應求通俗易曉，但若陳陳相因，則濫而可厭，如郭紹虞《譬喻

喻體須不同類且不同質，〔註41〕即《文心雕龍・比興篇》所言：「物雖胡越，合則肝膽」，方爲佳喻。

　　王維抒情詩中的比喻非常豐富，所採用的比喻方式也很多樣，而符合上述比喻原則的佳作更不在少數，本文將依下表所擬的分類方式，一一討論王維詩之比喻技巧如後：

類　　　別	比喻詞語〔註42〕	繫　詞〔註43〕	本　體〔註44〕	喻　體〔註45〕	表現範圍
明　　喻	有	無	現	現	一句或一聯
暗喻　判斷式暗喻	無	有	現	現	一句或一聯
同位式暗喻	無	無	現	現	一句或一聯
替代式暗喻	無	無	隱	現	一句或一聯
描寫式暗喻	無	無	現	隱	一句或一聯
故事式暗喻	無	無	隱	現	篇章

與修辭》中，曾舉《淮南子、說山訓》：「治國者若耨田去害曲者而已！」的沿襲《左傳》「爲國家者，見惡如農之務去草焉。」爲例，認爲取喻當新穎方佳。

〔註41〕如果以龍眼比荔枝，以玫瑰比薔薇，則構不成比喻，是泥於形貌。佳喻需從質、類不同的兩類事物中，體會其神味的相似點，如澄湖喻爲明鏡，雨比作淚珠。

〔註42〕「比喻詞語」是指「標志事物間有比喻關係的詞語」語見徐炳昌：〈暗喻種種〉，《修辭學研究》（安徽出版社，1983年版），第286頁，常用「如」、「若」、「猶」、「同」、「似」、「象」等字。又稱「喻詞」（見宋振華等編：《現代漢語修辭學》，第79頁）。

〔註43〕繫詞是指判斷句結構如「甲是乙」中的聯結詞，又稱「判斷動詞」（見程希嵐：《修辭學新編》，第161頁）。常用的繫詞有「爲」、「成」、「成爲」、「是」、「似乎」、「表示」、「變成」等。

〔註44〕「本體」是指「被比喻對象」（宋振華等編：《現代漢語修辭學》，第78頁）。如「涕淚如雨」中的本體爲「涕淚」。

〔註45〕「喻體」是指「做比喻的事物」（引同前註）。如「梅白似雪」的喻體爲「雪」。

	興引式暗喻	無	無	現	現	篇章〔註46〕

一、明　喻

　　凡比喻中用上了比喻詞語，明白標示出兩個事物間有比喻關係，則稱明喻。

　　王維詩中明喻最大的特色，是喻體多爲自然景物。如：

酌酒與君君自寬，人情翻覆似波瀾。（〈酌酒與裴迪〉）

惟有相思似春色，江南江北送君歸。（〈送沈子福歸江東〉）

布衣一語相爲死，何況聖主恩如天。（〈送李睢陽〉）

日比皇明猶自暗，天齊聖壽未云多。（〈既蒙宥罪旋復拜官伏感聖恩竊書鄙意兼奉簡新除使君等諸公〉）

或以具象的「波瀾」、「春色」及「天」等自然景物，比喻抽象的人情反覆、相思無盡，與聖恩浩大；或以易知的「明日」、「天長」強喻〔註47〕皇主明察、聖壽久長，均貼切利用喻體的特質，使抽象的句意在譬喻宛轉中具現。又如下列幾首，亦以自然景物爲喻：

無庸客昭世，衰鬢日如蓬。（〈送綦毋校書棄官還江東〉）

漢兵奮迅如霹靂，賊騎崩騰畏蒺藜。……賀蘭山下陣如雲，羽檄交馳日夕聞。……試拂鐵衣如雪色，聊持寶劍動星文。

〔註46〕關於比喻的分類，諸家語法或修辭學書自來名目繁多，但大多過於粗略或劃分標準交叉不一，不盡妥當。今從比喻構成方式的角度，參酌諸家類例，並主要根據徐炳昌〈暗喻種種〉的分類方式，擬成此表。擬定原則有二：一是劃分標準簡明——如：清楚以比喻詞語的出現與否，做爲分別明喻與暗喻的標準；又如：「擬人」在部份修辭學書中，另屬「比擬」辭格而非「比喻」辭格，但爲免王維詩表現技巧的分析過於繁複瑣碎；且就結構方式而言，比擬其實與暗喻無別，因而在此依徐炳昌類例，將擬人併入條件相同的描寫式暗喻中討論，應無大礙。第二個原則是依王維詩中比喻實際運用的情形做刪減——如：併列式暗喻、附加式暗喻或博喻等，王維詩中幾無，本文則不列類討論。

〔註47〕所謂「強喻」，據程希嵐之解釋爲：「本體事物不但象比喻事物，而且超過了它，這種比喻叫作強喻。它往往是比喻，也是『誇張』。」（《修辭學新編》，第168頁）

　　（〈老將行〉）

　　憶君長入夢，歸晚更生疑。不及紅簷燕，雙棲綠草時。（〈早
　　春行〉）

這些詩句分別以「蓬草」喻衰鬢亂雜，以「霹靂」喻兵出時迅疾勢驚，
以「雲」喻兵出眾多、陣勢龐大，以「雪」喻鐵甲色白，或以「簷燕」
雙棲，弱喻有情人難常聚首；〔註48〕都是藉景物顯為人知的特色，使
本體的形狀、氣勢、數量、顏色或情感等描寫能有更實質化的形容。
本文第三章第一節中曾說過，自然景物是王維詩中運用最廣的寫作題
材；本節比喻的討論中，也的確發現王維以景物為喻的情形很多，尤
其明喻中所佔的比例尤高；暗喻則以事件、人物為喻的情形較多較富
變化。這大概是因為明喻的表達方式較淺顯，不若暗喻曲折深刻，而
詩人較喜以暗喻隱寄深邃喻意，所以明喻的喻體選擇顯得單純少變
化，暗喻則較靈活多樣。這也是王維詩中明喻數量遠不及暗喻的原因。

　　除前述那以景物為喻的詩例之外，王維另有幾個以動態為喻的明
比，十分新穎，如：「長安客舍熱如煮，無箇茗糜難禦暑」（〈贈吳官〉）、
「青皋麗已淨，綠樹鬱如浮」（〈自大散以往深林密竹蹬道盤曲四五十
裡至黃牛嶺見黃川〉）及「漣漪涵白沙，素鮪如遊空」（〈納涼〉）等，
神會之外更添生動活現，頗能開拓明喻新局。

二、暗　喻

　　凡比體與喻體之間不能出現比喻詞語，「事物間的比喻關係暗含
在某些詞句或段落篇章之中，不是一望而知的；要讀者或聽者經過分
析研究、仔細辨別後才認出來。」〔註49〕則屬暗喻，又稱隱喻。暗喻
不似明喻明白指出本體與喻體的類似處，因此喻意的含蓄蘊藉較之明

〔註48〕所謂「弱喻」，是指「被比喻的事物在意念上不及比喻事物。」（見
　　　　《修辭學新編》，第 169 頁）如李白〈贈汪倫〉詩：「桃花潭水深千
　　　　尺，『不及』汪淪送我情。」即為反喻。
〔註49〕徐炳昌：〈暗喻種種〉，《修辭學研究》（北京：語文出版社，1987 年
　　　　版），第 286 頁。

喻更顯深宏有力，黃宣範在〈隱喻的認知基礎〉一文中也說：

> 隱喻的使用是：隱喻的述語令人想到一指涉物，但它的上
> 下文令人聯想到另一指涉物，而整句的含義因兩種指涉之
> 互動而加深。〔註50〕

除喻意加深外，由於比喻關係的隱而不顯，暗喻的想像空間也更為寬
廣活潑。王維詩藉暗喻以抒情的手法常見，暗喻的形式也多種多樣，
極盡變化，可分為六類來討論：

（一）判斷式暗喻

本體喻體間出現繫詞「是」、「乃」、「為」、「成」等做為聯結，使
句構成為判斷句結構的比喻方式，稱為判斷式暗喻。這類暗喻的比關
係隱含於判斷句的結構中表現，並非一望而知，因此是暗喻而非明
喻。〔註51〕

王維詩如：「身為平原客，家有邯鄲娼」（〈濟上四賢詠——成文
學〉）、「汎舟入滎澤，茲邑酒雄藩」（〈早入滎陽界〉）皆為判斷式的暗
喻運用。這類暗喻直接將本體說成喻體，較覺平直無味；且句型上受
判斷句既定結構所限，運詞設意較不自由，因此王維很少使用。但王
維也有用得不錯的例子，如〈春過賀遂員外藥園〉：「香草為君子，名
花是長卿」將園中香草說成君子，以暗讚園主人賀員外的忠貞美德；
把名花說成司馬相如，以暗賞賀員外的風流倜儻。〔註52〕此例突破了
判斷式暗喻的結構限制，使喻意潛伸至本體、喻體所指涉的實物之
外，擴大了句意張力，十分難得。

〔註50〕黃宣範：〈隱喻的認知基礎〉，《中外文學》（1973年版），第二卷，第
　　　　五期，第11頁。

〔註51〕部份修辭學書將判斷句結構中的「是」、「為」等繫詞視為「喻詞」，而
　　　　將這類比喻歸入明喻中。但事實上，繫詞並不像「如」、「若」等喻詞，
　　　　有標明比體、喻體間相似點的能力，它們僅僅具有聯結的作用而已，
　　　　比喻關係是在暗中進行的，本體與喻體的相似關係也隱藏在判斷句結
　　　　構中，不是一望而知的，因此是暗喻而非明喻。「判斷式暗喻」的稱名
　　　　及定義，參見徐炳昌：〈暗喻種種〉，《修辭學研究》，第289頁。

〔註52〕清・趙殿成注此詩云：「長卿，謂司馬長卿也，喻風流艷麗之意。」

（二）同位式暗喻

　　這類暗喻的本體、喻體之間無繫詞聯結，而是以同位關係出現，有時喻體在前，有時喻體在後。如李白的「浮雲遊子意，落日故人情」（〈送友人〉）即是同位式暗喻最著名的詩例，遊子像浮雲，故人如落日，但比喻語沒有出現，比喻關係隱含於同位結構中，須分析才能研判出來，因此是暗喻而非明喻。〔註53〕

　　王維詩中的同位式暗喻不多，也並不突出，如：「山中燕子龕，路劇羊腸惡」（〈燕子龕禪師〉）以「羊腸惡」喻燕子龕的山徑曲折折盤紆；「與君青眼客，共有白雲心」（〈贈韋穆十八〉）「青眼客」與「君」同位，以喻韋穆十八有阮籍般的不羈個性；「金隄」（見〈聽百舌鳥〉）以喻塘隄堅如金；「世網」（見〈偶然作〉之三）以喻塵世瑣務如網絆身；這些譬喻頗為習見，較無特殊價值。

（三）替代式暗喻

　　這是一種逕將喻體替代本體出現的暗喻方式，又稱「借喻」，不提本體，因此較本體、喻體都出現的前述兩種暗喻更隱晦。〔註54〕

　　王維詩中這類暗喻很多，如〈春日上方即事〉詩中未曾提及年歲（本體），僅在「鳩形將刻杖，龜殼用支床」二語裡，以漢時八十歲以上老人得授予鳩形飾玉杖的習俗，及南方老人以龜支床的傳說〔註55〕為喻，即點出年事已高的慨歎，不但化典微妙，曲折致意；同時由於本體的隱晦，喻意中所流露對暮年的唏噓感慨也就益顯得深沉而內鍊。又如〈靈雲池送從弟〉中「自歎鶺鴒臨水別」一句，以具有「共母者飛吟不相離」習性的水鳥鶺鴒〔註56〕借喻王維兄弟，這個精準的取喻，使詩

〔註53〕「同位式暗喻」的稱名及定義，參見徐炳昌：〈暗喻種種〉，《修辭學研究》，第289頁。

〔註54〕「替代式暗喻」的稱名及定義，參見徐炳昌：〈暗喻種種〉，《修辭學研究》，第289頁。

〔註55〕「鳩杖」事見《後漢書‧禮儀志》，志第四；「龜支牀足」事見《史記‧龜策列傳》，第128卷。

〔註56〕《詩經‧小雅‧常棣》有：「脊令在原，兄弟急難。」脊令即鶺鴒。

人送別從弟時內心的難捨之情，雖委婉卻能加倍深刻地表達。

王維詩中的權貴之稱，每以歷代戚貴的姓氏替代出現，如：「城中相識盡繁華，日夜經過趙李家」（〈洛陽女兒行〉）以「趙、李」——漢成帝時趙後飛燕及漢武帝時李夫人的趙、李兩家戚屬，替代詩中所指當日權貴；「許史相經過，高門盈四牲」（〈偶然作〉之五）以「許、史」——漢宣帝皇后父許伯、漢宣帝外家史高二氏的戚屬權貴，借喻當代豪門；「翩翩繁華子，多出金張門」（〈濟上四賢詠——鄭霍二山人〉）以「金、張」——漢代功臣之後、貴寵比於外戚的金、張二氏，借喻當時貴族；這些替代式的暗喻表現，除因詩人厚道，不願直指時人，而使諷意含蓄之外，也未嘗有以吏爲鑒的深意。

再則如：「一罷宜城酌，還歸洛陽社」（〈過李揖宅〉）以晉董京所宿的洛陽社 [註 57] 借喻王維己宅，藉表同於董京的逍遙率性；「果從雲峰裡，願我蓬高居」（〈飯覆釜山僧〉）以張仲蔚居所的蓬高沒人 [註 58] 借喻自己的隱居處所；「若見西山爽，應知黃綺心」（〈送李太守赴上洛〉）以〈高士傳〉中所載的綺裡季、夏黃公借喻高潔安貧的居隱節操；[註 59] 都能巧妙地化事典以入喻，以使隱逸志節的表達不致誇顯太露。

此外如：「奈何軒冕貴，不與布衣言」（〈寓言〉之一）以「軒冕」喻權貴，以「布衣」喻平民；「教戰須令赴湯火，終知上將先伐謀」（〈燕支行〉）以「赴湯火」喻視死如生等的比喻，則較普遍可見。但也有像：「雕胡先豐酌，庖膾亦雲至」（〈晦日遊大理韋卿城南別業〉之三）雖然以雲喻眾的喻意無奇，但用借喻法直接以「珠」借喻星，

清·陳奐《討毛氏傳疏》疏曰：「脊令喻兄弟」。

〔註 57〕董京初至洛陽時，被髮而行，逍遙吟詠，常宿白社中。事見《晉書·隱逸傳》，第 94 卷。

〔註 58〕張仲蔚隱居不仕。所居蓬高沒人，事見漢·趙歧：《三輔決錄》，第 1卷，《關中叢書》（陝西通志館，1936 年版），第 1 冊，第 7 頁。

〔註 59〕綺裡季、夏黃公皆秦皇時藍田山隱士，事見《高士傳》，卷中，第 64頁「四皓」中。（《叢書集成》，第 717 冊）

而直接用「珠鬥」為詞則頗具新意；另如：「霧中遠樹刀州出，天際澄江巴字回。」（〈送崔五太守〉）以刀州喻蜀州、以巴字形容巴江曲折，雖前已見典，〔註60〕但逕以喻體代本體出現，並添配動詞，卻更可使如刀「出」、如巴「回」的州狀與江形靈動呈現，再加上兩喻對仗，尤顯工巧。

（四）描寫式暗喻

描寫式暗喻的喻體隱而本體現，且以描寫喻體的詞語直接描述本體，以暗示兩者的相似點。〔註61〕

如王維詩〈贈焦道士〉中「跳向壺中」及「縮地朝珠闕」兩句，原描述的分別是〈神仙傳〉中的壺公與費長房，在此以壺、費比焦道士，卻不直言喻體，僅將對喻體的描述直接用以形容焦道士的仙化神力，便是描寫式暗喻。〔註62〕這類暗喻由於隱去喻體，因此除非仔細領味，否則難悟出其中比喻關係，是一種極隱微密歛的暗喻手法，若能用得佳妙，則可不著痕跡，化喻入詩。王維詩中此類暗喻有：「不惜珊瑚持與人」（〈洛陽女兒行〉）以晉石崇事喻洛陽女兒之夫的揮霍無度；〔註63〕「昔時飛箭全無目」（〈老將行〉）以後羿事喻老將昔日的擅射；「已聞能狎鳥」（〈濟上四賢詠——崔錄事〉）以〈列子〉中所載海上之人好鷗鳥事，喻崔錄事能物我兩忘；〔註64〕「報讎只是聞嘗膽，飲酒不曾妨刮骨」（〈燕支行〉）以越王句踐復仇嘗膽、及關羽破臂刮骨仍飲酒言笑事，喻漢家天將能忍人之所不能忍。〔註65〕這些

〔註60〕「刀州」典出《晉書・王濬傳》所載王濬夢三刀又益一刀之事（第42卷）；「巴江」則自古因江狀曲折三回，狀如巴字而得名。

〔註61〕「描寫式暗喻」的稱名及定義，參見徐炳昌：〈暗喻種種〉，《修辭學研究》，第293頁。

〔註62〕壺公與費長房事均見晉・葛洪《神仙傳》，「壺公」篇（清・馬俊良輯：《龍威秘書》（臺北：新興書局，1972年版），第1冊，第5卷。

〔註63〕事見《晉書・石崇傳》，第33卷。

〔註64〕事見《列子》，第二卷「黃帝篇」。

〔註65〕事見《三國志・蜀書・關羽傳》，第36卷。

比喻關係暗合於描寫中，均能化喻典爲流暢敘述，使形容效果更直捷自然。

王維詩的描寫式暗喻中，特別值得一提的是「擬人」〔註 66〕的大量運用，幾乎在景物描寫的詩中隨處可見。那些原不具靈性的景物，經王維人格化的處理，用帶有情感的詞語加以描述，便如人一般，能歡笑、解哀愁，不但增加了詩的生動趣味，讀者也更能感染詩中物我交融的溫馨氣氛。如：

　　　流水如有意，暮禽相與還。（〈歸嵩山作〉）

直將流水與暮禽當作知己般描寫，親切可愛中，流露出王維與大自然合而爲一的澹泊閒情。〔註 67〕又如：「見獸皆相親」、「雲霞成伴侶」（〈戲贈張五帝諲〉之三）兩個擬人句，也同樣可見大自然在王維居隱生活中所扮演的依伴角色。因此，詩中豐富的自然景物擬人化，正是王維熱愛大自然並寄情於大自然的一種表現。

王維也善於利用擬人的手法，將情感托於物身代爲表達，如：「花迎喜氣皆知笑，鳥識歡心亦解歌」（〈既蒙宥罪旋復拜官伏感聖恩竊書鄙意兼奉簡新除使君等諸公〉）寫安史亂後蒙聖恩宥罪拜官欣喜不已的心情，卻託寄由花的笑顏與鳥的歡唱來表達，手法含蓄，且臻至情景交融的美境，不可不歸功於擬人喻法的運用。而如：「陰風悲枯桑」（〈送陸員外〉）、惆悵新豐樹」（〈送從弟蕃游淮南〉）及「山川何寂寞」（〈送孫二〉）的景物悲情；則都是詩人別愁的映現；以擬人方式表出，更能凝聚詩中感人的情緒力量。

〔註 66〕 本文將擬人歸於比喻中討論，但不可否認比擬與比喻的內部確有些微不同。第一，比擬是將甲事物「當作」乙事物，甲、乙交融一體；比喻則是以甲事物「喻」乙事物，甲、乙一主一從。第二，比擬是擬物是人或擬人爲物，重點在人格化或物性化；但比喻的關鍵則在尋找不同質類的兩事物間之相似點而喻。（說見宋振華：《現代漢語修辭學》，第 91 頁）

〔註 67〕 宋、元之際方回評此詩云：「閒適之趣，澹泊之味，不求工而未嘗不工者，此詩是也。」（見《紀批瀛奎律髓》，第 3 冊，第 23 卷，閒適類，第 839 頁）

　　王維擬人詩句中優異的動詞運用，也值得我們注意。因為描寫式暗喻的喻體——人是隱晦不現的，王維的擬人便大部份是藉助於人格化動詞的描寫而形成，所以擬人的生動傳神與否，便端賴動詞是否下得有神。如：

　　　　泉聲咽危石，日色冷青。（〈過香積寺〉）

將泉水沖激危石之聲以「哽咽」來描寫，再加上下句的青松蔽空日色陰冷，更蘊釀出一個森幽的情境，彷彿泉水真是因悲泣而哽咽般，十分人格化。另如：「楊花惹暮春」（〈送丘為往唐州〉）的「惹」；〔註68〕「隔牖風驚竹」（〈冬晚對雪憶胡居士家〉）的「驚」；「望雲時抱峰」的「抱」；「澗芳襲人衣」（〈藍田山石門精舍〉）的「襲」；「瀑泉吼而噴」（〈燕子龕禪師〉）的「吼」、「噴」等等，均為新穎而點化巧妙的擬人化動詞。

　　此外須附帶一提的是，王維寥寥可數的幾首詠物詩中，就有三首是以擬人方式表現，如閒靜著紅衣，心愁苦而春不知的〈紅牡丹〉：

　　　　綠艷閒且靜，紅衣淺復深。花心愁欲斷，春色豈知心？

以及如至友般與王維彼此相憶的新秦郡松樹：

　　　　青青山上松，樹裡不見今更逢。不見君，心相憶，此心向君君應識。為君顏色高且閑，亭亭迴出浮雲間。（〈新秦郡松樹歌〉）

和〈戲題盤石〉中，似有意吹落花來的春風、與揣度春風意的可愛盤石。這些詠物詩以擬人法賦予物體情感，因而憑添了曲折的戲劇性趣味，也展現了王維活潑俏皮的聯想力。

（五）故事式暗喻

　　所欲闡明的道理（本體）借一個故事（喻體）來比方，稱為「故事式暗喻」，亦即所謂的「諷諭」，也相當於詩六義中的「比」。〔註69〕

〔註68〕明・楊慎評王維「楊花惹暮春」句中的「惹」字為：「絕妙！」（見《升庵詩話》，第 5 卷，第 67 頁、《叢書集成》，第 569 冊）

〔註69〕「故事式暗喻」之定義，參見徐炳昌：〈暗喻種種〉，《修辭學研究》，

　　故事式暗喻的本體可以出現也可以不出現，但王維幾首故事式暗喻的詩篇，本體全不出現，僅藉故事的敘述暗含諷意，充分發揮了中國抒情詩歌含蓄蘊藉的特質。如他廿歲時所作的：

　　　　莫以今時寵，能忘舊日恩。看花滿眼淚，不共楚王言。(〈息
　　　　夫人〉)

此詩據孟棨〈本事詩〉所載，是王維有一次在寧王宅裡，見寧王憲（玄宗之兄）所強占的宅左賣餅者妻與其夫餅師重逢，默視無語，雙淚垂頰，若不勝情。當時王座客十餘人皆當時文士，王命賦詩，王維故而成此詩。[註70] 詩不直論此事，僅以《左傳》莊公十四年所載春秋楚文王滅息，載息嬀（息侯夫人）歸，息嬀在楚有年卻終日默默不語 [註71] 的故事爲喻。顧起經《類箋王右丞集》注此詩說：「按此以楚王比寧王，以息嬀比賣餅之妻也」[註72] 此詩王維以廿歲之齡，即能當場取譬史事恰切設喻，足見其靈思敏捷；且以本體隱晦的喻事手法表現此暗喻，更分外能適合當時王維的身份與眾賓皆在的場合，不著痕跡，委婉致意。王士禎《漁洋詩話》下卷說：

　　　　益都孫文定公〈詠息夫人〉雲：「無言空有恨，兒女粲成行」
　　　　諧語令人頤解。杜牧之：「至竟息亡緣底事，可憐金谷墜樓
　　　　人」則正言以大義責之。王摩詰「看花滿眼淚，不共楚王
　　　　言」更不著判斷一語，此盛唐所以爲高。[註73]

〈息夫人〉詩中雖無直責寧王語，但以賣餅者妻心底難忘舊夫情義的立場來寫，則褒貶自顯、譏意已見；也終能打動寧王歸還餅師妻。

　　又如有清高美好資質象徵意涵的〈青雀歌〉一詩也是以諷諭手法所寫：

　　　　第 297 頁。
〔註70〕事見唐・孟棨：《本事詩、情感第一》(《續歷代詩話》上冊，第 12
　　　　頁)。
〔註71〕此事並見漢・劉向：《列女傳》，「息君夫人」，《四部備要》，第 1138
　　　　冊，第 4 卷。
〔註72〕明・顧起經：《類箋王右丞集》，第 9 卷，第 730 頁。
〔註73〕清・王士禎：《漁洋詩話》，見《清詩話》，下冊，第 9 頁。

青雀翅羽短，未能遠食玉山禾。猶勝黃雀爭上下，唧唧空
倉復若何？（〈青雀歌〉）

青雀儘管不能扶搖九萬裡，以遠食玉山禾，但逍遙飲啄安本份，至少
比空倉中那些只知唧唧爭上下的饑噪黃雀，要自得多了。世人不也如
此？不問名利的高人隱士，也許未能有大鵬鳥般絕雲氣、上青天的遠
大成就，但至少心安寧，無羈絆，又豈是一般爭名奪利的人所得享？
此詩藉雀事以喻事理人心，詩中青雀的逍遙無爭，或即王維的志趣所
在。〔註74〕

　　另如〈黃雀癡〉一詩是以雛雀羽硬各自飛，母雌薄暮獨自歸的故
事，暗喻人情冷暖，全不念昔日恩惠；末二句「鳳凰九雛亦如此，慎莫
愁思顦顇損容輝」所說的：不僅凡鳥如此，即如鳳凰之雛亦然，則表示
此不過是世情常態，何足愁思？更加深譏諷之意。另外像第二章第五節
中所曾討論王維關懷社會的詩篇，如諷諭權貴荒淫的〈洛陽女兒行〉、〈西
施詠〉，及〈偶然作〉其五等，亦皆以故事式暗喻手法表現的詩篇。

（六）興引式暗喻

　　興引式暗喻又稱「引喻」，是先引類似事物做為喻體，而後出現
本體的暗喻方式。引喻無比喻詞語，而且喻體、本體各自成句，通常
是一首詩前面的單句或複句構成喻體，其餘部份的詩歌主題內容為本
體。「詩大序」大義中「先言他物以引起所詠之辭」（宋朱熹〈詩集傳〉
語）的「興體」，可分為先言之他物與所詠之辭有關或無關兩種情形，
其中他物與主題相關的一種，如：「兔絲附蓬麻，引蔓故不長。嫁女
與征夫，不如棄路旁」（杜甫〈新婚別〉）以兔絲附蓬麻引喻嫁女與征
夫，其實是「言興而比已寓焉」（清陳奐《詩毛氏傳疏》語）的「興
而比」手法，即相當於這裡所說的興引式暗喻。〔註75〕

〔註74〕柯慶明：〈試論王維詩中的世界〉謂〈青雀歌〉之詠物為：「用來作
　　　　為一種清高的美好資質的象徵。」（《中外文學》，1977，第 6 卷，第
　　　　3 期，第 85 頁）
〔註75〕「引喻」之定義，參見宋振華等編：《現代漢語修辭學》，第 82 頁。

　　興引式暗喻的應用，使詩歌在主題出現之前能先有一小段相關的前奏做爲開場，暗示下面的主題，並順勢引出主要內容，以使主要內容，以使主旨的出現不致太直露突兀，增加詩的含蓄美，宋人羅大經《鶴林玉露》第七卷便曾說：「兼興中有比，興味更長」〔註76〕，且喻體、本體前後呼應的結果，也使主題情懷的表達更具震撼力。

　　王維詩中此類的暗喻如：〈雙黃鵠歌送別〉以「天路來兮雙黃鵠，雲上飛兮水上宿。撫翼和鳴整羽族，不得已忽分飛」爲起，引喻主送賓歸的主題內容，臨別難捨之情與雙黃鵠的不得已而分飛相應和，更顯惆悵。又如：〈早春行〉寫如春少女的閨思嬌羞，頭兩句便以「紫梅發初遍，黃鳥歌猶澀」做爲生澀情懷的引喻。再如：〈相思〉不直說相思之深，卻以「紅豆生南國，秋〔註77〕來發幾枝」之問爲興，而紅豆另名爲相思子，正是最惹人相思之物，則此問實已興引出思念滿懷，徐文雨集注之《唐詩集解》說此詩：「案此篇詠勤擷相思之物，以寄其思，纏綿凄婉，令人不能爲懷。」〔註78〕此詩物近而意遠，藉紅豆興寄相思，手法婉曲卻又不致於隱晦難懂，因此能有餘味雋永的

此外須附帶一提的是，興引式暗喻與他類的比喻仍有些微差異。因爲「興」的感發大多緣於感性的直覺觸發，不必有理性安排；但「比」的感發則大多經過理性的思考安排。（說見葉嘉瑩：〈中國古典詩歌中形象與情意之關係例說——從形象與情意之關係看「賦、比、興」之說〉，《迦陵談詩》，臺北：東大出版社，1985 年版，第 2 集，第 120 頁）

〔註76〕宋·羅大經：《鶴林玉露》（臺北：開明書店，1975 年版），第 7 卷，第 9 頁。

〔註77〕按本文根據清·趙殿成《王右丞集箋注》作「秋來發幾枝」，然宋·尤袤：《全唐詩話》載，李龜年奔於江潭時，於湘中採訪筵上的唱詞卻作：「春來發幾枝」，許多新本唐詩據此也作「春來發幾枝」。（台中：人文出版社，1976 年版，第 1 卷，第 2101 頁）據《植物大辭典》，紅豆即相思子的別稱，而相思子約在「秋季開白或紅乃至青紫色蝶形花。……莢果橢圓形、種子四～六，深紅色，堅硬而有光澤，臍部之周圍有黑斑。」依此相思子實際的生長情形來看，採擷紅豆應在秋季，因而王維〈相思〉此句仍以：「秋來發幾枝」爲宜。

〔註78〕徐文雨集注：《唐詩集解》（臺北：正中書局，1954 年版），中冊，35 頁。

抒情效果。

　　另如：「聖代無隱者，英靈來歸。遂令東山客，不得採薇」（送別）引喻綦母原本進京時懷抱的理想；「天官動將星」（〈送趙都督赴代州得青字〉）引喻大將率兵出征；「雙燕初命子，于桃初作花」（〈雜詩〉）引喻少女的能幹早熟；「積翠藹沈沈」（〈送李太守赴上洛〉）引喻沈重的臨別愁緒等，都具有使詩情加倍深切的作用。

　　本節中所提到的「故事式暗喻」及「引喻」，分別相當於「比」及「興而比」，因而在此也要從「賦、比、興」的角度討論王維詩的作法問題。比興是抒情詩所以能含蓄委婉的重要手法，〔註79〕但王維三百五十餘首抒情詩中，竟至少有三百一十七首採用賦的手法，比例極高。〔註80〕但這些以賦法寫的詩中，有一百首以上亦兼用了興的手法，如〈贈祖三詠〉以鋪敘方式寫濟州官舍的秋末黃昏以及心中對祖三的思念，開頭兩句：「蟪蛸掛虛牖、蟋蟀鳴前除」，雖然是贈詠時身旁景象的直言敘寫，是賦，但也是引起下文歲末懷想，思憶故舊的一種因素，因此同時具有興的性質，我們不妨借朱熹《詩集傳》對〈黍離〉一詩所作的注解，說它是一首「賦而興」的作品。王維詩中像這樣既賦且興的情形有許多。〔註81〕事實上，因景物的興觸感發而創作出情景交

〔註79〕 曾敏之：〈比、興抒情詩〉說：「抒情詩則以比興為主要特徵。」（《詩詞藝術》，第1頁）

〔註80〕 王維以賦的手法寫作的詩包括：〈新晴晚望〉、〈終南別業〉、〈渭川田家〉、〈春中田園作〉、〈山居秋暝〉、〈山居即事〉、〈漢江臨汎〉、〈登河北城樓作〉、〈使至塞上〉、〈山茱萸〉等等。

〔註81〕 王維兼用賦、興手法的作品包括：〈羽林騎閨人〉、〈歸輞川作〉、〈鄭果州相過〉、〈送錢少府還藍田〉、〈送梓州李使君〉、〈送張五諲歸宣城〉、〈漢江臨汎〉、〈華子岡〉、〈孟城坳〉、〈答裴迪〉等等，約在一百首以上。加上純粹興體的詩篇如：〈早春行〉、〈送綦母校母校書棄官還江東〉、〈送韋大夫東京留守〉、〈相思〉等約三十首，王維興體的詩篇也至少在一百三十首之上，不可謂不少，因此如柯慶明所說：「王維詩中就很難具有詩經六義中所謂興的性質。」（柯慶明：〈試論王維詩中常見的一些技巧和象徵〉，《境界的探求》，第222頁）然此評說忽略了賦體詩也同時具有「興的性質」的可能，值得商榷。

融的詩篇，原就是中國詩歌創作上的一大特色，更何況像王維這樣一位對大自然極度關愛且依賴的詩人，興的方式成為他重要的創作手法也是理所當然。此外，王維詩中佔有極大比例的寫景作品多以舖陳直語的方式寫成，也是造成王維詩中賦體數量極多的一個重要因素，如〈皇甫嶽雲溪雜題〉五首、〈田園樂〉後五首、及《輞川集》中的〈朱萸沜〉、〈宮槐陌〉、〈柳浪〉、〈欒家瀨〉、〈辛夷塢〉等詩都是如此。這些詩對景物的描寫而言是直言、是賦，但就情感的抒發來說，卻是更抑蘊不露、更含蓄深遠，讀者揣摩的彈性也更大。如〈鹿柴〉、〈鳥鳴澗〉二詩，描述空山幽靜的景象，詩中所呈現的空靈意境其實也是詩人沉靜心境的「借喻」；又如〈木蘭柴〉：「彩翠時分明，夕嵐無處所」的描寫，也是王維甫退隱時徬徨無依心情的寫照；而由〈斤竹嶺〉：「檀欒映空曲，青翠漾漣漪」更可意識到王維的心情高潔澄明。因此這些寫景詩也未嘗不可說它們是「賦而比」的作品。由上述分析看來，王維詩雖以賦體為最多，但這些賦體作品多半也兼具了比、興的性質；因此，王維抒情詩中的「賦」，也是一種造成詩風含蓄蘊藉的寫作手法。

　　本節最後要附帶討論王維詩中的「強喻」，也就是「誇張」的手法。〔註82〕比喻原以稱情切理為當，但有時為了加強形容的效果，便以超乎常理的取喻，造成誇張的效果，使人留下深刻的印象。王維詩如〈觀獵〉以「忽過新豐市，還歸細柳營」寫將軍的獵騎迅捷如飛，新豐在陝西臨潼縣，細柳在長安縣，兩地相去七十裡，而竟能「忽過、還歸」，用的正是與李白〈秋浦歌〉：「白髮三千丈，緣愁似箇長」一樣的誇張比喻，以使獵騎輕快的特點得以突顯。又如：〈苦熱〉以「赤日滿天地，火雲成山嶽。草木盡焦卷，川澤皆竭涸」，極寫烈日當空、燠熱如煮；更妙的卻是王維苦熱難耐時，不得不聊自解悶的想像力：「思出宇宙外，曠然在寥廓。長風萬裡來，江海蕩煩濁。」先是誇張地描寫燠熱，

─────────────────────

〔註82〕「強喻」是比喻用法中的一種，程希嵐《修辭學新編》中解釋「強喻」為：「本體事物不但象比喻事物，而且超過了它，這種比喻叫作強喻。它往往是比喻，也是『誇張』。」（《修辭學新編》，第168頁）

後又誇張地想像涼爽，令人不禁爲詩人生活中的自求情趣而覺莞爾。
再則如：「一身能擘兩雕弧，虜騎千重只似無」（〈少年行〉之三）及「少
年十五二十時，步行奪取蕃馬騎。……一身轉戰三千里，一劍能當百
萬師」，（〈老將行〉）比喻少年遊俠的力大無比，及老將年少時梟勇善
戰，也都極盡誇張之能事。王維詩中誇張的強喻並不十分多見，這或
與詩人清淡的性格及其平實自然的詩風有關。

　　王維詩中的比喻多能用得確切而穩妥，使人經由詩人豐富的想像
及生動的文字，加深了對所描寫人事物理的理解，而形成深刻的印
象。同時王維的譬喻方式也十分多樣、富有變化，尤其暗喻中的替代
式、描寫式及故事式三種手法、皆各隱去了本體、喻體中的一項，使
詩歌呈現高度的含蓄美，實屬比喻傑作。

第三節　烘托與對比

　　作畫時，常會藉主題物旁襯的技巧，使主題物更顯突出。如畫遠
山，若無近水爲襯，則不足以顯其遼遠；又如畫矇矓新月，若無雲影
渲染，則難見其隱約之美，這便是烘托。文學作品中也有類似作時烘
雲托月的修辭技巧，是利用與被描寫事物相似或相反的另外事物，從
旁陪襯烘托被描寫的事物，稱爲「襯托」〔註83〕。畫家兼詩人的王維，
將作畫時的烘托技巧成功地運用於詩中，特別是在以景物襯托情感方
面，切合情境的景物描寫往往能使所抒發的情感益爲鮮明動人。〔註84〕

　　襯托手法可分爲「正襯」與「反襯」兩類，若用以襯托的物與被
襯托的事物是類似或一致的，比如以朝陽襯年少，爲「正襯」；若用
以襯托的事物與被襯托的事物是相反或不一致的，比如以朝陽襯年
少，爲「正襯」；若用以襯托的事物與被襯托的事物是相反、不一致

〔註83〕有關「襯托」之定義參見宋振華：《現代漢語修辭學》，第142頁。
〔註84〕中國傳統詩論認爲，景物應以切情爲貴，離開了抒情的景物描寫缺
　　　　乏深意，如劉勰：《文心雕龍‧比興篇》說：「以切至爲貴」，便是意
　　　　指景物描寫應切合情境。

的，比如以芳春襯悲情，則為「反襯」。其中，反襯是利用事物的「對
比」關係所形成，因此本節也將一併討論王維抒情詩的對比藝術。

一、正　襯

　　王維詩多以景物為襯。或用以映情、或用以托景。在以景映情中，
若旁襯景物呈現與主題情懷相似的感受，則為正面襯托，也就是以榮
景襯歡情，以衰景襯悲情，黃永武《中國詩學──設計篇》中說：

> 情景一致，是將感情假託在一種相同的景物上，如人聚則
> 月圓，人離則月缺，人愁則終日霪雨，人喜則處處新花，
> 將感情導入類似的景物，可以使情無限。（第224頁）

情景一致，也就是由情感的正面著意描寫襯托，例如王維詩中的輓歌，
常用蕭瑟之景為襯，以切合悲淒的情境，如：「風日鹹陽慘，笳簫渭水
寒」（〈故太子太師徐公輓歌〉之四）、「鼉鼓秋城動，懸旌寒日映」（〈故
南陽夫人樊氏輓歌〉之二）及「人向青山哭，天臨渭水愁」（〈恭懿太
子輓歌〉之二）等，皆以悲涼景象烘托傷悼之情，天地與人同哀，益
顯淒切。又如：「野花愁對客，泉水咽迎人」（〈過沈居士山居哭之〉）
及「山川秋樹苦，窗戶夜泉哀」（〈哭褚司馬〉）則兼用擬人法，表景物
愁苦之情，以烘襯友人亡故的傷痛。再則如：「檣帶城烏去，江連暮雨
愁」（〈送賀遂員外外甥〉）是以昏暮蒼茫的江天煙雨，倍增淒迷的送別
愁情；而「茫茫古木連窮巷，寥落寒山對虛牖」（〈老將行〉）則是為映
襯老將今非昔比的衰老寂聊而設的景語。

　　王維嘗遊感化寺，因覺殿宇金碧輝煌，氣氛清幽莊嚴，而在〈遊
感化寺〉詩中，以「穀靜惟松響，山深無鳥聲」與寺內的靜幽相映；
又以「瓊峰當戶拆，金澗透林鳴」輝映簷楹雄偉，殿宇亮耀，極為成
功。另在為天子赴鳳翔避暑而作的〈勅借岐王九成宮避暑應教〉中，
為寫九成宮中的清涼與歡樂，王維以：「隔窗雲霧生衣上，卷幔山泉
入鏡中」的宮外所見山景為襯，如置仙境的意象便得浮現。這兩首詩
由於景物的烘襯，使抽象氣氛的形容得以有事半天功倍的效果。而如

〈文杏館〉:「文杏裁爲梁,香茅結爲宇。不知棟裡雲,去作人間雨」則是藉「雲棟」的意象,烘托出文杏館的高聳入雲。

　　王維也常以「映」、「照」二字來表現景物之間的襯托效果。「映」、「照」爲光影的投射,在繪畫中,景物的光影效果具有很重要的烘托作用,同樣在詩句中,「映」或「照」也具有聯結上下兩種景物以爲襯顯或互相交映的意義,如:〈北垞〉:「北垞湖水北,雜樹映朱欄。逶迤南州水,明滅青林端」,雜樹與朱欄交映,白水與青林輝映,烘染出鮮麗的湖光山色;加上流水忽明忽滅的光影明暗變化,更使畫面呈顯動態感。又如:〈木蘭柴〉:「秋山斂餘照,飛鳥逐前侶。彩翠時分明,夕嵐無處所」在一片霧白的夕嵐中,斜陽餘輝與竹林的彩翠輝映成趣,令人陶醉。再如:「澗芳襲人衣,山月映石壁」(〈藍田山石門精舍〉)夜裡的石壁原本暗不起眼,冷無生意,但經柔和的月色照拂,石壁卻現出親和柔暖的色澤,使這個宛如桃花源般的山谷益顯溫馨美好。可知山月的映襯之效,幾可使石壁改頭換面。〔註85〕又如:「極野照暗景,上天垂春雲」(〈晦日遊大理韋卿城南別業〉之一)暗和妍美的春色遍照平野,爲大地舖染綠意生機;相對的,春光也因天地的開濶而更覺明媚耀眼,「極野」、「暗景」交相映照出一幅舒爽宜人的春遊美景。另如:

> 漾漾汎菱荇,澄澄映葭葦。(〈青溪〉)
>
> 閒花滿巖谷,瀑水映杉松。(〈韋侍郎山居〉)
>
> 新晴望郊郭,日映桑榆暮。(〈丁寓田家有贈〉)
>
> 高城眺落日,極浦映蒼山。(〈登河北城樓作〉)
>
> 閒門寂已閉,落日照秋草。(〈贈祖三詠〉)
>
> 殘雨斜日照,夕嵐飛鳥還。(〈崔濮陽兄季重前山興〉)

這些詩句在並舉兩種景物以做烘襯時,所用以連結的字,絕不是

〔註85〕山月柔暖、石壁灰冷,原是正反對比,但由於此詩主題在描寫宛如桃花源般溫馨美好的藍田山石門精舍,因此,「山月映石壁」一句應是以山月烘托出石壁的溫美,而非以山月反襯石壁的冷暗,當屬正面烘托襯而非反襯。

「並」、「與」或「及」等字；而是用動詞「映」、「照」，為景物敷染自然光彩，營構出濃淡有致的畫意，並增加畫面錯綜的美感。由這些光影烘托的技巧，可再一次證明王維具有過人的山水畫本領。

二、反　襯

　　情景一致的正面襯托可以使情無限，但若安排與情境相反的景物，從反面來襯托則可利用與景彼此衝突所產生的反彈力，幫助凸現所欲表達的情感與思想。黃永武《中國詩學——設計篇》說：

> 至於情與景不一致而相反的，往往能由物我的衝突，而造成
> 悲劇性的內在張力。如鳥雙而人單，身老而心壯，水東而人
> 西之類，……由反襯的效果，加強情感的力量。（第226頁）

王維詩如：「日暮飛鳥還，行人去不息」（〈臨高臺送黎拾遺〉）以鳥的歸飛反襯人的離去，「憐君不得意，況復柳條春」（〈送丘為落第歸江東〉）以芳春反襯失意，便都是藉景相背的矛盾，以增加詩的悲劇性效果。

　　景物而外，凡與主觀情境相對比、衝突的客觀描述，也都具有反襯情感的效果，而且若能用得簡捷有力，常可造成正襯所不及的震撼力與曲折性。

　　例如，王維寫漢時班婕妤失寵後的冷宮孤寂，卻以門外鳳吹輿度的喧騰歡愉，與深宮內的寥落淒涼形成強烈對比：

> 宮殿生秋草，君王恩幸踈。那堪聞鳳吹，門外度金輿。（〈班
> 婕妤〉之二）

門外熱鬧的人聲，反而更顯出婕妤的寂聊難耐，「那堪」二字，正道盡了一切不堪訴說的冷落心情。

　　王維用在詩尾的反襯最是令人拍案叫絕，往往一首詩平暢道來，卻在結意一轉，留下一個突如其來的震撼，令人思味不盡，印象深刻。如：

> ……陌頭馳騁盡繁華，王孫公子五侯家。由來月明如白日，
> 共道春燈勝百花。聊看侍中千寶騎，強識小婦七香車。香

車寶馬共喧闐，箇裡多情俠少年。競向長楊柳市北，肯過
精舍竹林前。獨有仙郎心寂寞。卻將宴坐爲行樂。倘覓忘
懷共往來，幸霑同舍芋藜羹。(〈同比部楊員外十五夜遊有懷靜
者季〉)

此詩前大半舖敘夜遊時所見王孫公子們縱情通宵，歌舞達旦的繁華生
活；但最後四句，卻突以「獨有仙郎心寂寞」點出以安坐爲行樂，以
豆葉爲美食，生活廻異於不夜城中公子哥們的——主角「靜者季」。
結意翻轉，快速有力，方知前面所極力渲染的奢靡情景，目的不在寫
景，也不在抒情，只是爲從反面托出主角的恬淡安貧，而這也正是王
維自己所企求的生活方式。若無候爺王孫、香車寶馬的俗靡做爲對
比、反襯，則難托出後者的清高脫俗。

　　另如：「埋骨白雲長已矣，空餘流水向人間」(〈哭殷遙〉)以川流
不息的河水，反襯殷遙就此歇止的短促生命，與幻化莫測的人間世
事；「鬥雞平樂館，射雉上林園。曲陌車騎盛，高堂珠翠繁。奈何軒
冕貴，不與布衣言」(〈寓言〉之一)以末二句的無奈慨歎，反諷貪圖
逸樂的世襲權費傲慢無禮；「城中相識盡繁華，日夜經過趙李家。誰
憐越女顏如玉，貧賤江頭自浣沙」(〈洛陽女兒行〉)以貧苦的浣沙女
西施，反襯出洛陽女兒的過度浮華；「天子臨軒賜侯印，將軍佩出明
光宮」(〈少年行〉之四)以將軍最終的臨賞受封，從反面托襯出前三
首中少年遊俠奮戰無功，命賤如土的不平。這些也都是結意突然一轉
的反襯手法，由於是蓄勢迸發而出的衝擊，因此分外能突顯主題的思
想立場。

　　至於景物與景物之間的反襯，王維也頗有技巧，尤其以動見靜，
更是王維抒情詩表現閒靜情懷時的重要手法。畫中靜物易於勾勒，詩
中靜景卻極難表達，如果單就景物靜的一面加以形容，往往流於呆
板，不夠具體；若能把握詩歌動態易寫的特性，從靜景中動態的一面
著手描寫，靜境則容易呈現，這點在第二章的第三節、第四節中，也
都曾有討論。王維擅用這種動中見靜的技法，於詩中多所表現，如：

「泉聲咽危石，日色冷青松」（〈過香積寺〉），若非深山僻靜，泉水沖激危石的聲響不會如此突顯，趙殿成亦注曰：

> 泉聲二句，深山恆境，每每如此，下一「咽」字，則幽靜之狀俶然；著一「冷」字，則深僻之景若現。昔人所謂詩眼是矣。（〈第七卷〉）

由泉聲的描寫，令人得以想見空山的幽靜，可知王維以喧見幽的反襯手法，確實收了事半功倍的形容效果。如：「夜靜群動息，蟪蛄聲悠悠」（〈秋夜獨坐懷內弟崔興宗〉）蟲吟低微，非沈靜至極，難能聽聞，是由反面來襯托夜的空寂。又如：「聲喧亂石中，色靜深松裡」（〈青谿〉）藉聲喧與色靜的對比，托出生動靜趣；水激泉石都可稱為「喧」，松林的靜謐無他雜響可知。再如：「落花啼鳥紛紛亂，澗戶山　寂寂閒」（〈寄崇梵僧〉）也是相反由落花紛紛、啼鳥亂鳴的一面，來襯顯山中的靜意閒情。此外如：

> 谷靜惟松響，山深無鳥聲。（〈遊感化寺〉）
>
> 空山不見人，但聞人語響。（〈鹿柴〉）
>
> 人閒桂花落，夜靜春山空。月出驚山鳥，時鳴春澗中。（〈鳥鳴澗〉）
>
> 雨中山果落，燈下草蟲鳴。（〈秋夜獨坐〉）

也都可見王維以喧反襯幽，以動反襯靜的高妙手法，正如富壽蓀選註、劉拜山評解的《唐人絕句評註》在評析〈鳥鳴澗〉時所說：「旨在寫靜境，卻純用動景處理，最得畫家烘托之妙。」〔註86〕

王維喧中見幽的反襯手法悟自劉宋時王籍〈入若耶溪〉詩的「鳥鳴山更幽」句，卻更變化出深妙的禪機奧義，王熙元〈王維詩中的禪趣〉一文中便說：

> 王維詩最善於描寫靜境，常常靜中有動，以靜景涵攝動象，因為若一味寂靜，不見一毫生機，便是禪家所謂「頑空」，

〔註86〕富壽蓀選註、劉拜山評解：《唐人絕句評註》（臺北：木鐸出版社，1981 年版），第 41 頁。

唯有「眞空」才能生「妙有」，其中才有禪機禪趣。〔註87〕

由前面所舉諸列看來，王維詩中靜境之所以能幽中有喧，饒富禪趣、生機，正在於反襯手法的運用成功。

三、對　比

　　構成反襯的兩件事物之間必含有對比的關係，如：「麗服映頹顏，朱燈照華髮」（〈冬夜書懷〉），衣飾是鮮麗的，頸上的容顏卻已衰頹；燈彩是紅旺的，燈下的髮色卻已花白。詩人藉物我之間的鮮明對比，從而反襯出遲暮的感慨。又如：「故人不可見，漢水日東流」（〈哭孟浩然〉）以生命的易逝對比漢水的長流，反襯故人已矣的傷痛。但對比當然不等於反襯，因此對比的兩件事物間只有並列關係，並無主、從關係，而反襯則以反面的襯的部份爲從，正面的被襯的部份爲主。〔註88〕

　　謝世涯在〈論詩詞的對比手法〉一文中談到對比的意義與效果，他說：

　　　　對比手法是由此情此景，比照彼情彼景，或由此一事件比
　　　　照彼一事件的寫法，凡苦中見樂，樂中生苦，或悲歡得失
　　　　的相映，或撫今追昔，因眼前的淒涼，回想昔日的繁華，
　　　　或因個人願望的破滅，生活環境的變異，引發當年的理想，
　　　　慨歎時日之已非等，多用此種手法。善用對比手法者，易
　　　　增加情感的感染力，使主題思想更爲突出。〔註89〕

詩中的對比可使二物因並列而互爲突顯，產生強烈的藝術效果，尤其撫今追昔的慨歎若以今共並置的對比手法客觀呈現其變異，則詩人內

〔註87〕王熙元：《中國文學散論》（臺北：臺灣學生書局，1987 年版），第
　　　　178 頁。
〔註88〕「襯托」與「對比」的區別，說法參見宋振華等編著：《現代漢語修辭
　　　　學》第 144 頁。「對比」的定義，據宋振華《現代漢語修辭學》書界定
　　　　爲：「把兩種對立事物或者同一事物的兩個不同方面，放在一起相互比
　　　　較的一種修辭方式叫『對比』，也有叫『對照』的。」（第 140 頁）
〔註89〕謝世涯：〈論詩詞的對比手法〉，中國古典文化研究會主編：《古典文
　　　　學》，第 7 集，第 729 頁。

心的衝擊與唏噓，更可不言而喻，如王維詩：

　　宿昔朱顏成暮齒，須臾白髮變垂髫。（〈歎白髮〉）

　　昔時飛箭全無目，今日垂楊生左肘。（〈老將行〉）

　　畫君年少時，如今君已老。（〈息夫人〉）

　　朝為越溪女，暮作吳宮妃。賤日豈殊眾，貴來方悟稀。（〈西
　　施詠〉）

　　新家孟城口，古木餘衰柳。來者復為誰？空悲昔人有。（〈孟
　　城　〉）

通過這些今昔殊異的對比，王維或表達了青春易逝，轉眼遲暮的無奈，
或並比出遭遇丕變下的情意人心，又感感懷於景物千古依舊，人事卻
世遷代變。凡此今昔並置的對照，使詩人激盪的心緒更能深刻呈現。

　　王維詩中畫意的經營也常利用景物兩相對比、對稱的技巧，使畫
面更富立體美感。如：

　　郡邑浮前浦，波瀾動遠空。（〈漢江臨汎〉）

　　後浦通河渭，前山包鄠郢。（〈林園即事寄舍弟紞〉）

　　白水明田外，碧峰出山後。（〈新晴晚望〉）

　　渡頭餘落日，墟裡上孤煙。（〈輞川閒居贈裴秀才迪〉）

　　大漠孤煙直，長河落日圓。（〈使至塞上〉）

這些寫景的詩句，各以兩種景物做一前一後、一遠一近、一升一落、
一直一圓或一濃一淡的對比，因而在空間上形成錯綜、深遠的美感，
畫面也因佈局對稱而覺諧美動人。

　　本文第二章第一節曾提及王維部份邊塞詩以平寧氣氛沖淡壯偉
豪氣的氣法，是他清淡性格傾向的輔證，這些邊塞詩的風格之所以顯
得淡雅，特異於當代其他詩人，所運用的手法便是以悠緩平遠的景象
與奔騰豪壯的征戰動作，形成氣氛上的對比，如：

　　吹角動行人，喧喧行人起。笳悲馬嘶亂，淨渡金河水。……
　　日暮沙漠陲，戰聲煙塵裡。（〈從軍行〉）

　　單車曾出塞，報國敢邀勳。見逐張征虜，今思霍冠軍。……

沙平連白雪，蓬捲入黃雲。(〈送張判官入河西〉)

欲逐將軍取右賢，沙場走馬向居延。遙知漢使蕭關外。……
愁見孤城落日邊。(〈送韋評事〉)

風勁角弓鳴，將軍獵渭城。草枯鷹眼疾，雪盡馬蹄輕。忽
過新豐市，還歸細柳營。……回看射雕處，千里暮雲平。(〈觀
獵〉)

十里一走馬，五里一揚鞭。都護軍書至，匈奴圍酒泉。……
關山正飛雪，烽戍斷無煙。(〈隴西行〉)

這些邊塞詩起首多半描寫大漠喧騰的戰聲、壯偉的激勵詞語，或是豪
放的動作場面；但隨後卻突將視野放遠，藉舒緩安靜的塞外景象，使
詩的氣氛轉變為略帶悽愴、沈靜的意味，詩的節奏也隨之徐徐減緩，
而與先前的壯濶氣勢形成顯著的對比。王維運用對比手法所形成的特
殊邊塞詩風，正反應出他以清雅淡泊為依歸的生命本質。

　　此外，如：「高樓望所思，目極情未畢」(〈和使君五郎西樓望遠
思歸〉) 以有限的視野與無盡的鄉愁對比；「座客香貂滿，宮娃綺幔
張。……還將歌舞出，歸路莫愁長。」(〈從岐王夜讌衛家山池應教〉)
以宴中的歌舞華彩與宴罷的歸途清冷並比；「月明松下房櫳靜，日出
雲中雞犬喧。」(〈桃源行〉) 以夜靜與晨喧對比；以及「趙女彈箜篌，
復能鄲鄲舞。夫壻輕薄兒，鬥雞事主。……客舍有儒生，昂藏出鄒魯。
讀書三十年，腰下無尺組」(〈偶然作〉之五) 以逸樂卻一世富裕的權
貴人家，與勤學卻終生窮苦的鄉裡書生做並比，使讀者自得褒貶於
心；這些，也都是王維銳利而精準的對比表現，對詩歌主題思想、情
懷的寫實化、深刻化，有著莫大的助益。

第四節　設問與倒裝

　　為使詩歌增添生動趣味，王維也常在詩句語法上安排變化，以使
語氣、句型不致於一成不變、了無新意。比如問句的出現，可集中讀
者注意力，激發思老而回味無盡；也有將詩句倒裝以表示強調、或令

音律諧美。王維善於利用這些語法變法，將設問與倒裝的修飾運用於詩句中。

一、設　問

王維〈雜詩之中〉之中，曾有著名一問：

> 君自故鄉來，應知故鄉事，來日綺窗前，寒梅著花未？

王維所問的故鄉事非關親明故舊，卻只是窗前寒梅花開否？似乎不合情理，但事實上如果連對窗前寒梅都關懷若此，則一切巨細靡遺的故鄉必然也都在問候之列了。此詩以設問的口吻，將濃重的思鄉情懷在精鍊的問語中委婉輕露，手法含蓄，鄉情卻十分深刻。而全詩以此設問作結，更流下深長的言外之意，令人縈懷不已。若非此「寒梅著花未？」一問，感人的力量未必能如此強烈。趙殿成注解王維此詩時說：

> 陶淵明詩云：「爾從山中來，早晚發天目。我居南窗下，今生幾叢菊。」王介甫詩云：「道人北山來，問松我東岡。舉手指屋脊，雲今如許長。」與右丞此章同一杼軸，皆青到之情，皆情到之辭，不假修飾而自工者也。然淵明、介甫二作下文綴語稍多，趣意便覺不遠；右丞只為短句，一吟一詠更有悠揚不盡之致。欲於此下復贅一語不得。（第十三卷）

陶淵明、王安石，及王維的這三首詩，皆以菊、松或梅為比興，梅想故居。其中陶淵明這首詩的文辭雖不如王維的詩典雅，或仍有未盡的餘味；但不安石的詩則只在平述白描，實不如王維設問的語氣富有變化且情意深遠。可見設問的確可為詩意製造波瀾，添益效果。

王維〈相思〉中的「紅豆生南國，秋來發幾枝？」也與「寒梅著花未？」有同工之妙。詩人所關懷的當然不單是紅豆花開的情形，但經此一問，滿腔刻骨的相思同時也隨之流露，與對方神會。富壽蓀選註、劉拜山評解的《唐人絕句評注》評解此詩說：

> 問紅豆，是表己之相思，勸採擷，是勸人之毋忘。一問一勸，風神搖曳。托物抒情，言近意遠，是右丞五絕獨造之境。（第37頁）

可知此詩的情韻所以能感人至切，正緣於它設問手法，及設問所引出的真切情意。有些新本唐詩，將「秋來發幾枝」的標點改爲句號，則全詩的情味、氣韻便都不同。

又如〈過香積寺〉前四句：

不知香積寺，數裡入雲峰。古木無人徑，深山何處鐘？

詩人原不知山中有寺，[註90]迨深入人跡罕至之雲木深處，忽聞廟鐘響盪，方訝然道：像這樣人跡罕至的深山，哪來的鐘聲呀？這一問，也點出了緣遇香積寺的因由，手法玄妙。趙殿成在注解此詩時，也特意提到這四句是不可多得的佳作：「四句一氣盤旋，減盡針線之跡，自非盛唐高手，未易多覯。」同時，王維此詩中的設問也準確掌握了關鍵性，適時點解前謎，並發揮起引後四句的作用。[註91]

設問在詩中所居的位置與它所發揮的修辭作用也有密切的關係。如前面所討論過的「寒梅著花未？」（〈雜詩〉之二）與：

常有江南船，寄書家中否？（〈雜詩〉之一）

目盡南飛鳥，何由寄一言？（〈寄荊州張丞相〉）

[註90] 一說爲：不知香積寺在何處？但如此一來則第四句所問只爲重覆而已，便無深意。因此首句仍當解爲：初不知有寺較妥。

[註91] 此詩題爲〈過香積寺〉，但第一句卻說：「不知香積寺」，令人不禁好奇：既然初不知山中有寺，王維又是如何發現深僻的香積寺的呢？此即全詩邏輯的關鍵所在。第二、三句王維仍接著寫他入山愈深的情形，到了第四句的全詩前半、後半承轉處，王維才順勢點出他山行中巧遇的突發事件：不知何處竟有鐘聲傳來？這便是他所以發現香積寺的關鍵因素，所以說此設問適時點解了前謎。同時也因爲此鐘聲疑問的牽引，詩人尋至香積寺，才會有下麵四句的景象描寫與心露感受：「泉聲咽危石，日色冷青松。薄暮空潭曲，安禪制毒龍。」所以說此設問也有啓引後四句的作用。宋振華等編著的《現代漢語修辭學》中說：「我們必須從提高語言的表達效果出發，恰當運用設問，即在使用設問時，必須抓住一時人們極爲關注的問題，有的放矢地提出問題。如果事不分輕重巨細，都擺出一種設問的架勢，那只會適得其反，令人生厭，所以一定要防止設問的濫用。」（第140頁）王維「深山何處鐘？」正是一個十分講求時機，使全詩戲劇張力發揮到最大的設問佳例。

　　傾國徒相看，寧知心所親？（〈扶南曲歌詞〉之二）

　　春來徧是桃花水，不辨仙源何處尋？（〈桃源行〉）

都是用於詩歌結尾處的設問，既可點明主旨，呼應詩題，又能使詩歌餘
味無窮，咀嚼回甘。用在詩篇首尾之間設問有承上啟下的作用，如前所
論：「秋來發幾枝？」（〈相思〉）、「深山何處鐘？」（〈過香積寺〉）以及：

　　將令蕃落減，豈獨名王侍？……少小蒙漢恩，何堪坐思此？
　　（〈李陵詠〉）

　　未嘗肯問天，何事須擊壤？（〈偶然作〉之一）

便皆為位居詩中、具承轉使命的設問。至於設在全詩問端的問句，則
能掀起一個高潮的開場，吸引讀者注意力，並助導主題的呈現，如：

　　少年何處去？負米上銅梁。借問阿戎父，知爲童子郎。（〈送
　　李員外賢郎〉）

　　郊外誰相送？夫君道術親。書生鄒魯客，才子洛陽人。（〈送
　　孫二〉）

　　愚穀與誰去？唯將黎子同。……不知吾與子，若箇是愚公？
　　（〈愚公穀〉之一）

　　握手一相送，心悲安可論？（〈送岐州源長史歸〉）

　　已恨親皆遠，誰憐友復稀？（〈送崔興宗〉）

這些設問使詩的開場呈現別致的風貌，尤其前三例逕以問語破空而
出，更具有令人不能不接續讀下的媚力。後二例的設問是沈重悲情的
傾訴，先藉同聯首句的平述語氣緩爲引出，而後在設問中點出主題。

　　王維另有幾首有問有答的詩，十分生動絕妙，如：

　　下馬飲君酒，問君何所之？君言不得意，歸臥南山陲。但
　　去莫復問，白雲無盡時。（〈送別〉）

　　儂家眞箇去，公定隨儂否？著處是蓮花，無心變楊柳。……
　　氣味當共知，哪能不攜手？（〈酬黎居士淅川作〉）

　　問君何以然？世網嬰我故。（〈偶然作〉之三）

第一首送賢者隱之詩，以問答方式表露隱者欲往之處白雲無盡，足以

自樂的曠然襟懷，〔註92〕對答之間，韻致超逸高遠，難怪王士禛標舉
神韻以教人的《唐賢三昧集》要取王維詩以爲壓卷。李攀龍選註、森
大來評譯的《唐詩選評譯》第一卷評此詩說：「一問一答，語意曲折。」
（第15頁）藉客觀答問使讀者沈靜深思，眞切體味詩人歸隱的志趣，
正是此詩手法高妙之處。此外前引的其餘二例問答或爲俏皮、或表無
奈，也都平白如話，尤其第二例更幾以白話入詩，活如戲詞，是王維
詩中風格極爲特殊的作品。

　　另如：「相憶今如此，相思深不深？」（〈贈裴迪〉）、「何處寄相思？
南風吹五雨。」（〈送宇文太守赴宣城〉）及「城隅一手，幾日還相見？」
（〈崔九弟欲往南山馬上口號與別〉）等詩，是急欲爲分離後的再見面
尋一落實解答，便以設問語氣表露心中殷切的思念；又如：「中心竊
自私，儻有人送否？」（〈偶然作〉之四）寫陶淵明竊自盤算的心態，
生動幽默；這些也都是王維善用設問變化語氣的佳例。

　　王維另有部份反問句，是藉反詰的語氣，對一個明顯的道理或事
實加以否定或肯定，以達到加強語氣、強調事理的目的，如：

　　　江鄉鯖鮓不寄來，秦人湯餅哪堪許？不如儂家任挑達，草
　　　屩撈蝦富春渚。（〈贈吳官〉）

　　　豈乏中林士？無人獻至尊。（〈濟上四賢詠——鄭霍二山人〉）

　　　艷色天下重，西施寧久微？（〈西施詠〉）

　　　問爾何功德？多承明主恩。（〈寓言〉之一）

　　　眼界今無染，心空安可迷？（〈青龍寺曇壁上人兄院集〉）

這類反問句的特點是：以否定形式出現的句子用來加強肯定的表述，
以肯定形式出現的句子用來加強否定的表述。詩人其實是明知故問，
並非眞期盼有所回答，只是爲突出強調效果而特意造成的語氣變化。
如第一例反問的本意實爲：秦人湯餅不堪許。第二例實爲：非乏林中

<hr />

〔註92〕明・唐汝詢：《唐詩解》評此詩云：「此……蓋因問而自道其情如此。
　　　　且曰君勿復問我，白雲無盡，足自樂矣。」（《唐詩三百首詩話薈編》，
　　　　第17頁）

士。第三例實爲：西施難久微。第四例爲：爾實無功德。第五爲：心空不可迷。若以這些肯定的敘述方式與詩例中反問的方式相較，則反問方式所能造成的強調效果便更鮮明無疑。

綜觀以上王維詩中的設問，在內容方面或表思念情意，或表心中疑惑，或表諷刺；在形式方面，或只問不答，或有問有答，王維均能巧妙運用，使詩歌因著這些語氣上的變化，造成讀者心中更豐富的感應與思考。

二、倒　裝

有意打破詞句安排的「正常排序」〔註 93〕而予前移或後置的修辭方式，稱爲「倒裝」。〔註 94〕詩中的倒裝句較一般散文體文學爲多，幾乎成一種特有的詩體語法。倒裝的詩句何由形成？Matthew Y. Chen "Unfolding Latent Principles Of Literary Taste: Poetry As A Window Onto Language"一文認爲：

> ......One such transformation is word order inversion. Generally speaking, literary analysts either see such device a grammatical artifice intended to create some（often illdefined）rhetorical effect, or simply dismiss it as an instance of poetic license. While undoubtedly there are whimsical elements in the poetic process, I contend that far from occurring randomly, grammatical inversions are resorted to by poets in an overwhelming majority of cases on account of precisely definable prosodic exigencies.〔註 95〕

誠如前文所述，倒裝句的發生絕非漫無目的，它不應只是在造成（不

〔註 93〕漢語句子成分的基本順分，如以動詞語句爲例：應爲：定語＋主語＝狀語＋謂語＋補語＋定語＋賓語（參見劉月華：《實用現代漢語語法》（北京：商務印書館，2001 年版，第 315 頁），第 15 頁。

〔註 94〕「倒裝」的定義，參見宋振華：《現代漢語修辭學》，第 183 頁。

〔註 95〕Matthew Y. Chen, Unfolding Latent Principles Of Literary Taste: Poetry As A Window Onto Language，《清華學報》，第 16 卷，第 1、2 期合刊，1984 年 12 月，第 230 頁。

明確的）修辭上的誇張效果，更不只是單純的詩體特例，而是詩人基於某些可明確分析指出的迫切須要，因而非倒裝不可。王維詩中的倒裝句分析其成因及造成的效果，大致不出：表示強調，配合韻律，配合句法等三種情形。同時在此也要特別說明，由於王維的倒裝詩句大多具有兩種以上的成因或效果，因此以下的分析並非詩例的分類，而是以這三種造成倒裝的原因為綱領，分別舉例說明，比如某一個倒裝句呈現出甲、乙兩種效果，則討論時就不能不對甲、乙兩種倒裝的成因皆作考慮。

（一）意在強調

有些倒裝是為了強調句中的成分，而將欲強調的語詞移至句首或置於句尾，以便藉語音起始或收尾的氣勢突出其表達效果。王維詩中為強調而倒裝的詩句如：

> 竹喧歸浣女，蓮動下漁舟。（〈山居秋暝〉）

此聯詩句中，事件的因果順序原應為：「浣女歸（而）竹喧，漁舟下（而）蓮動」，但為造成句意的懸疑、驚異效果，王維特意將事件的結果現象：聽覺所聞竹林喧響、視覺所見蓮葉動盪，先予強調表出；而後才接敘造成這些現象的原因：原來是浣衣女歸來所發出的聲響，與漁舟劃穿蓮田所形成的波盪。因此變化成：「竹喧浣女歸，蓮動漁舟下」的因果倒裝句序。接著又因為韻腳及平仄的需要，（這個階段的倒裝，則屬於下一類：配合韻律的倒裝）而將「浣女歸」、「漁舟下」的主語及動詞謂語倒裝，形成「竹喧浣女歸，蓮動漁舟下」的兩層倒裝句。（第一層為語意的因果倒裝，第二層為配合韻律所造成的語法上的倒裝）而其中第二層的主、謂語倒裝，由於將主語挪後至句末才揭曉，也更昇高了第一層語意倒裝的懸疑效果，可謂一舉兩得。王維此詩藉倒裝的手法，表現了曲折引人的戲劇效果，正如清人洪亮吉在《北江詩話》所云：「詩家例用例句法，方覺奇陗生動。」〔註96〕王

〔註96〕清・洪亮吉：《北江詩話》（臺北：廣文書局，1971年版），第2卷，

維的確能充分利用詩句的倒裝以發揮詩歌的巧妙趣味。

　　王維詩句中的疊字也常倒裝提至句首，以強調疊字的形容效果。
如：

　　　悠悠長路人，曖曖遠郊日。(〈和使君五郎西樓望遠思歸〉)

　　　隔河見桑柘，藹藹黎陽川。(〈至滑州隔河望黎陽憶丁三萬〉)

　　　漠漠水田飛白鷺，陰陰夏木囀黃鸝。(〈積雨輞川莊作〉)

　　　車從望不見，時時起行塵。(觀別者)

　　　靡靡綠萍合，垂楊掃復開。(〈萍池〉)

　　　渺渺孤煙起，芊芊遠樹齊。(〈青龍寺曇壁上人兄院集〉)

第一例的語法順序原應為：「長路人悠悠，遠郊日曖曖」(定語＋主語
＋形容詞謂語)，但為加深「悠悠」、「曖曖」的形容效果，同時也為
配合五言詩上二下三的句法，因此將謂語提前，形成倒裝。第二例中
「藹藹陽川」也是為強調「藹藹」，並挽救不合詩歌句法的上三下二，
而將謂語倒裝。第三例中，「白鷺、黃鸝」為主語，「漠漠水田、陰陰
夏木」是表處所的狀語，「飛、囀」為動詞謂語。不帶介詞的處所狀
語，正確的語法位置應緊接主語之後，〔註97〕也就是：「白鷺漠漠水
田飛，黃鸝陰陰夏木囀」但此詩由於重點在輞川的景象描寫，因此這
兩句為強調處所狀語的寫景效果以配合主題，故而倒裝前移；而後又
因為押韻的需要(「鸝」屬此詩所押的廣韻五支韻)(此階段的倒裝屬
下類：配合韻律的倒裝)，再將主語挪至謂語之後，形成詩中倒裝句。
第四、五、六例中的疊字狀語倒裝，也同樣是加強其形容效果，使詩
句呈現鮮現意象而設。

　　其他如：「青苔石上淨，細草松下軟」(〈戲贈張五弟諲〉之一)
是為強調描寫性定語所修飾的主語(「青苔、細草」)，而將原應置句
首的表處所的定語(「石上、松下」)後移；「郡邑浮前浦，波瀾動遠

第79頁。

〔註97〕據劉月華：《實用現代漢語語法》，不帶介詞的「處所狀語」應置主
　　　語之後、謂語之前。如：「客人們請屋裡坐。」(第315頁)

空。」（〈漢江臨汎〉）是爲強調「郡邑、波瀾」（主語）在畫面上位置的一前一後對比，而將狀語「前浦、遠空」移至句末，以突出其對稱效果，這些也都是強調用意的倒裝。

（二）配合韻律

倒裝的詩句也有許多是配合擇韻或平仄的格律要求，而不得不眞倒詞序以合律。王維這類的倒裝詩句如：「白水明田外，碧峰出山後」（〈新晴晚望〉）是將表示處所的狀語「田外、山後」與動詞謂語「明、出」倒裝，以使「後」能在現在韻腳的位置，以與詩中其他的韻腳「垢、口、畝」共押廣韻四十四有韻。又如：「萬壑樹參天，千山響杜鵑」（〈送梓州李使君〉）中的對句，爲押廣韻先、仙合用韻，便將主語「杜鵑」倒裝至句末，以「鵑」爲韻腳。「文寡和兮思深，道難知兮行獨」（〈送友人歸山歌〉之一）的下句爲押廣韻入聲一屋韻，便將修飾動詞謂語「行」的狀語「獨」倒裝至末作韻腳；上句爲與下句相對，也依樣倒裝成「思深」。「柳色藹春餘，槐陰清夏首。」（〈資聖寺送甘二〉）爲押韻四十四有韻，而將第二句中表時間的狀語「夏首」移至形容詞謂語「清」之後，第一句再著倒裝以相對稱。

這些倒裝詩句，初時也許是迫於押韻須要而生，但重要的是，在倒裝之後往往也造成其他出人意表的修辭效果，如：

香畏風吹散，衣愁露霑濕。（〈日春行〉）

月迴藏珠鬥，雲消出絳河。（〈同崔員外秋宵寓直〉）

此二詩例本應作：「畏風吹散香，愁露霑濕衣」、「月迴（而）珠鬥藏，雲消（而）絳河出」皆因押韻須要而倒裝，卻產生詞性轉換的變化。〔註98〕如第一例倒裝之後，賓語「香」、「衣」兼攝主語的意義，造成擬人的爲效果，十分巧妙；第二例在倒裝後，分句的主語「珠鬥、絳河」後移而兼攝著賓語的意味，彷彿是月兒故做迴掩以暗藏起星斗，

〔註98〕詩句倒裝造成詞性轉換，參見黃永武：《中國詩學──設計篇》，第116頁。

夜雲有意消散以使天河顯見。增加了句意的趣味妙意，也未嘗不是倒裝可貴的「邊際效益」。

（三）配合句法

　　五言詩的句法以上二下三為正格，七言詩以上四下三為格，詩人有時為了使句法符合正格，也不得不將詞序略作調整而形成倒裝。王維詩如：「家住水東西，浣紗明月下」（〈白石灘〉），正常的語法順序為：「家水東西住，明月下浣紗。」上句是一、三、一，下句是三、二，均不合詩歌口法，因而同時配合押韻的須要，（第二類的倒裝因素）倒裝成上二下三的句法。又如：「日隱桑柘外，河明閭井間」（〈淇上即事田園〉），原應作：「日桑柘外隱，河閭井間明。」一、三、一的句式不合詩句法，因而倒裝。又如：「惆悵新豐樹，空餘天際禽」（〈送從弟蕃游淮南〉），上句以擬人法藉景抒情，原應作「新豐樹惆悵」，上三下二，不合詩歌句法，因而主、謂語倒裝；且如此一來也順道強調了物我皆惆悵的心情，使主題情懷更顯突出。

　　以上王維詩中的倒裝句，原或出於表示強調、配合韻律、或配合句式等其中一種或一種以上的要求而倒裝，但倒裝之後往往也因詞序新的組合面貌，產生了特殊的修辭效果。而且經過倒裝的詩歌意往往須要推敲深思方可透徹領會，更憑添了詩歌含蓄蘊藉的深味。

第五章　結　論

　　中國詩歌至魏晉朝，產生了陶淵明寄情田園自然、歌詠農林生活的「田園詩」；南朝劉宋時又有謝靈運、謝朓等人著力描寫山水，而開「山水詩」一派。但謝靈運等人的山水詩篇，雕琢華麗卻失真切情感，直到盛唐的王維，才融合「田園詩」與「山水詩」，開創了一個既吟詠山水美景，亦描寫田園生活；既講究雅緻秀麗，又不失真摯自然的山水田園詩派。此外，初唐沿襲齊梁淫靡詩風，王績、王梵志雖有心改革卻力量薄弱；初唐四傑、沈佺期、宋之問也未能完全擺脫齊梁餘習；到了陳子昂、張九齡力倡詩風復古，才結束初唐百餘年的齊梁遺風，開啓盛唐的輝煌新頁，而王維所領導的山水田園詩派，正是盛唐詩壇出現的第一道清流。因此，不論就中國的田園、山水詩歌的演變，或就唐代詩壇的突破性發展而言，王維詩歌都居於十分關鍵性的地位。

　　王維也是中國極具代表性的抒情詩人，他的抒情詩所以成功的最重要原因，是藉著高度含蓄的藝術手法，表達了真淳自然的情感。王維的性格偏向恬淡平和，表現於詩歌，便多是閒情靜趣的抒發，這些抒發閒情靜趣的詩篇，在主題、題材與表現技巧的配合上所善用的幾種手法，現分段歸納如下：

　　（一）王維熱愛山水自然，在許多描寫田園山居生活的詩篇中，

流露了閒居的情趣及歸隱的意念。這些以歸隱為主題的詩歌,在題材的選擇上,主要是自然景物與隱逸人物,或以榴芋桑麻、蓮菱竹藤寫村野風光,或以牧童野叟、雞雀牛羊寫農家生活,或以「雲」、「山」、「東山」象徵塵世之外的桃源仙境,或借陶淵明、韓康、阮籍等歷史上的著名隱士為喻,以自稱為領人隱逸。凡此均具體映現了詩人於田園山居生活中的思想及情感。這些題材在組合以幫襯主題時所運用的技巧,多偏重白描寫實手法的發揮,修辭技巧方面則以意象的暗喻運用為多。

　　(二)優美的山水畫意是王維詩歌最重要的主題特色,王維的寫景詩得力於山水畫方面卓越的技巧及經驗,極富生動畫趣,景致如現目前。詩人對大自然的依戀、徜徉山水間的悸動、以及山居的閒情,藉著畫意的經營流轉而出,真摯的詩情與清麗的畫意輝映成趣。這些詩篇主要取材於自然界繽紛多彩的景觀物象,如碧峰白鳥、紅桃綠柳,又如斜陽遠波、大漠煙塵,藉著舖陳或興引的手法,烘托、對比等技巧,織構出一幅幅動人心目的麗日水田、空谷幽壑、與邊塞風光。

　　(三)詩歌基本上是一種音樂文學,劉勰《文心雕龍‧樂府》云:「詩為樂心」,〈聲律篇〉又說:「聲畫妍蚩,貴在吟詠;吟詠滋味,流於字句。」詩人兼畫家的王維,同時也是一位音樂家,他嫻熟音律,妙善琵琶,在唐代那樣燕樂盛行而歌詩發達的時代,王維堪稱是音樂文化的代表人物。﹝註1﹞他在詩中常有彈琴高歌的描寫,顯見音樂是他重要的情感寄託,如此的寄託表現於詩歌創作,便是詩中對天籟及塞外音聲等聽覺感受的豐富描寫,以及妙韻、雙聲疊韻、疊字等技巧的純熟運用,而這些技巧所形成情韻一致、聲情相切的音樂感,利於詩歌入樂傳唱,也使王維成為盛唐入樂作品最多的詩人。

　　(四)王維中年開始潛心佛學,對禪宗有極深入的認識,詩中信手拈來的佛語禪典即可為證。而王維詩歌受禪宗影響所表現的最高境

────────────

﹝註1﹞所謂「燕樂」,是指相對於雅樂而言的俗樂。雅樂所使用的器樂以古雅的琴瑟為主,俗樂則以當時流行的琵琶為主。

界，則是許多饒富禪趣的短詩所呈現的空露境界。這些短詩或寫自在無礙的心境，或寫空山幽谷中的無限生機，大多取材於大自然中平凡微小的花鳥木石，於其中蘊蓄深奧哲思，靈妙地傳達出宇宙間機趣無所不在的妙諦。尤其這些禪趣詩中以喧現幽、動中見靜的反襯手法，更成爲王維詩中最爲亮眼的表現技巧。

（五）王維的社會詩爲數不多，但對於當時權貴荒淫所造成的賢士懷才不遇，及征戰頻仍所造成的征人愁苦、征屬閨怨等現象，仍有極細微的描寫。王維採用了許多女性爲題材以反應這些社會問題，如以西施、趙女、洛陽女兒寫豪門驕奢，又以〈羽林騎閨人〉、〈失題〉中的思婦，與〈觀別者〉中的老母，寫戰爭所造成的家庭離散，均能眞切寫實。在表現技巧方面，諷諭權貴荒淫的作品以比體爲多，反映征戰離苦者則以兼用賦、興的手法爲多；尤其幾首諷諭詩中的對比與反襯技巧運用，更使譏諷寓意在高度含蓄中不言而喻。

藉由上述藝術手法的運用安排，王維的抒情詩大致呈現了如下的境界：

（一）詩、畫、樂交融並現的藝術境界：德國著名作曲家古維（Gruvy）曾說，一位眞正的音樂家可以說就是一位詩人也是一位畫家，因爲這三種藝術都是由靈魂經過手指直達心靈的表現。〔註2〕這段話恰可做爲王維抒情藝術的最佳寫照，唐人殷璠《河嶽英靈集》便曾謂：「維詩詞秀調雅，意新理愜，在泉爲珠，著壁成繪，一句一字皆出常境。」。〔註3〕

（二）情景交融的藝術境界：自然景物是王維詩中運用最廣的題材，詩人的情感藉景致的速寫得以落實，因而呈現出情景交融的抒情境界。

〔註2〕參見虞君質：〈王維藝術的音樂性〉，《大學生活》，第4卷，第2期，第25頁。
〔註3〕唐・殷璠：《河嶽英靈集》，張元濟輯：《四部叢刊》（1919年版），第276冊，上卷，第11頁。

　　（三）臨場感受的視聽境界：王維詩中的寫景不僅映顯了繽紛的視覺效果，同時也呈現出音聲悅耳的聽覺世界，使人有如現目前、猶響耳畔的臨場感受。

　　（四）機趣盎然的空靈境界：王維緣於佛教禪宗的體會，將奧義哲理寓寄於平凡景物中表達，使詩歌境空靈，生機盎然。

　　以上所述王維抒情詩所善用的藝術手法及所呈現的抒情境界，說明了王維之所以堪稱爲中國抒情詩人代表的崇高成就。抒情爲中國詩歌的傳統主流，藉由本文的探討，期使中國抒情詩歌的藝術境界與表現手法的研究得以更推前一步，並使中國詩歌的抒情特質得以更爲彰顯。

重要參考書目

（一）

1. 唐・王維著：《須溪評校王摩詰詩集》，台北：廣文書局，據元刊本影印，1960 年版。

2. 唐・王維著，明・顧起經注：《類箋王右丞全集》，台北：學生書書局據明嘉靖三十五年勾吳顧氏武陵家塾奇字齋刊本影印，1970 年版。

3. 唐・王維著，明・顧可久注：《唐王右丞詩集》，明萬曆吳氏漱玉齋刊本。

4. 唐・王維著，清・趙殿成注：《王右丞集箋注》，《文淵閣四庫全書・集部》，第 17，據清乾隆二年刻本刊印，台北：商務印書館，1985 年版。

5. 唐・王維著，清・趙殿成注：《王右丞集注》，台北：中華書局，據四部備要本影印，1985 年版。

6. 唐・王維著：《王摩詰集》，清光緒甲申上海同蔔書局石印本。

7. 宋・郭茂倩編：《樂府詩集》，台北：里仁書局，1999 年版。

8. 明・董其昌著：《容臺別集》，國立中央圖書館，1968 年版。

9. 清・聖祖御製，彭定求、楊中訥等編纂：《全唐詩》，北京：中華書局，2000 年版。

10. 陳貽焮主編：《增訂注釋全唐詩》，北京：文化藝術出版社，2001 年版。

（二）

1. 梁・劉勰著：《文心雕龍》，台北：明倫出版社，1970 年版。

2. 梁・鍾嶸著：《詩品》，台北：金楓出版社，1986 年版。

3. 唐・李肇著：《國史補》，《筆記小說大觀》，正編，文明書局輯，第 1

冊，台北：新興書局，1973 年版。

4. 唐・殷璠著：《河嶽英靈集》，張元濟輯：《四部叢刊》，第 2762 冊，1919 年版。

5. 宋・方回著：《紀批瀛奎律髓》，清・紀昀批點，台北：佩文書社，1960 年版。

6. 宋・胡仔著：《苕溪漁隱叢話》，台北：世界書局，1961 年版。

7. 宋・釋惠洪著：《冷齋夜話》，《詩話叢刊》，台北：弘道出版社，1971 年版。

8. 宋・葉夢得著：《石林詩話》，同上。

9. 宋・魏慶之著：《詩人玉屑》，台北：商務印書館，1972 年版。

10. 宋・嚴羽著：《滄浪詩話》，清・何文煥輯《歷代詩話》，台北：漢京公司，1983 年版。

11. 宋・尤袤著：《全唐詩話》，同上。

12. 宋・周紫芝著：《竹坡詩話》，同上。

13. 宋・嚴羽著：《滄浪詩話》，同上。

14. 宋・計有功著：《唐詩紀事》，台北：木鐸出版社，1982 年版。

15. 宋・范晞文著：《對牀夜語》，丁福保輯：《續歷代詩話》，台北：藝文印書館，1974 年版。

16. 唐・孟棨著：《本事詩》，同上。

17. 宋・尤袤著：《全唐詩話》，同上。

18. 宋・周紫芝著：《竹坡詩話》，同上。

19. 明・謝榛著：《四溟詩話》，同上。

20. 明・李攀龍輯選，日人森大來評釋：《唐詩選評釋》，台北：河洛出版社，1974 年版。

21. 明・徐禎卿著：《談藝錄》，清・何文煥輯《歷代詩話》，台北：漢京公司，1983 年版。。

22. 明・胡震亨著：《唐音癸籤》，台北：木鐸出版社，1982 年版。

23. 明・胡應麟著：《詩藪》，台北：廣文書局，1973 年版。

24. 明・楊慎著：《升庵詩話》，《叢書集成》，王雲五主編，上海：商務印書館，1936 年版，第 569 冊，。

25. 明・李日華著：《恬致堂詩話》，《叢書集成》，第 570 冊。

26. 明・徐世溥著：《榆溪詩話》，《叢書集成》，第 570 冊。

27. 明・李東陽著：《懷麓堂詩話》，《景印文淵閣四庫全書》，清・紀昀

等總纂，1482 年版，第 421 集。

28. 清·金聖歎著：《聖歎選批唐才子詩》，嘉義：建國書局，1956 年版。

29. 清·吳喬著：《圍爐詩話》，台北：廣文書局，1969 年版。

30. 清·沈德潛著：《說詩晬語》，《詩話叢刊》，下冊。

31. 清·沈炳巽著：《續唐詩話第三冊》，台北：鼎文書局，1971 年版。

32. 清·沈亮吉著：《北江詩話》，台北：廣文書局，1971 年版。

33. 清·施補華著：《峴傭說詩》，丁福保輯：《清詩話》，台北：藝文出版社，1971 年版。

34. 清·王士禛著：《師友詩傳續錄》，同上。

35. 清·王士禛著：《漁洋詩話》，同上。

36. 清·王士禛著：《帶經堂詩話》，台北：廣文書局，1971 年版。

37. 清·陳沆著：《詩比興箋》，台北：樂天出版社，1970 年版。

38. 清·趙翼著：《甌北詩話》，台北：木鐸出版社，1982 年版。

39. 清·吳枚著：《箋註隨園詩話》，台北：鼎文出版社，197 年版。

40. 清·陳奐疏：《詩毛氏傳疏》，台北：學生書局，1981 年。

41. 清·周春著：《杜詩雙聲疊韻譜括略》，《杜詩又叢》，第 8 冊，京都：中文出版社，1977 年版。

42. 清·沈德潛著：《唐詩別裁集》，台北：中華書局，未載出版年月。

43. 清·高步瀛著：《唐宋詩舉要》，台北：學海出版社，1986 年版。

44. 胡適著：《白話文學史》，台南：東海出版社，1976 年版。

45. 許文雨集注：《唐詩集解》，台北：正中書局，1954 年版。

46. 彭國棟纂：《唐詩三百首詩話薈編》，中華文化出版委員會，1957 年版。

47. 郭伯恭著：《歌詠自然之兩大詩豪》，台北：商務印書館，1964 年版。

48. 錢鍾書著：《談藝錄》，香港：龍門書店，1965 年版。

49. 劉大杰著：《中國文學發展史》，台北：華正書局校訂本，1982 年版。

50. 吳闓生著：《古今詩範》，台北：中華書局，1970 年版。

51. 莊申著：《王維研究》，香港：萬有書局，1971 年版。

52. 陳世驤著：《陳世驤文存》，台北：志文出版社，1972 年版。

53. 黃永武著：《中國詩學——設計篇》，台北：巨流圖書公司，1974 年版。

54. 劉維崇著：《王維評傳》，台北：正中書局，1975 年版。

55. 劉若愚著，杜國清譯：《中國詩學》，台北：幼獅文化公司，1979 年版。

56. 龔鵬程著：《春夏秋冬》，台北：故鄉出版社，1980 年版。

57. 林文月著：《山水與古典》，台北：純文學出版社，1981 年版。

58. 傅東華著：《王維詩》，台北：商務印書館，1981 年版。

59. 朱光潛著：《詩論新編》，台北：洪範書店，1982 年版。

60. 富壽蓀選註，劉拜山評解：《唐人絕句評註》，台北：木鐸出版社，1982 年版。

61. 傅庚生著：《中國文學欣賞舉隅》，，北京：北京出版社，2003 年版。

62. 曾敏之著：《詩詞藝術》，香港：波文書局，1982 年版。

63. 劉逸生等著：《唐詩的滋味》，台北：丹青出版社，1982 年版。

64. 周振甫著：《詩詞例話》，台北：長安出版社，1983 年版。

65. 柯慶明著：《境界的探求》，台北：聯經出版社，1984 年版。

66. 夏紹碩、艾治平著：《古典詩詞藝術探幽》，台北：漢京文化公司，1984 年版。

67. 葉嘉瑩著：《迦陵談詩》，台北：東大出版社，1985 年版。

68. 蔡英俊：《比興，物色與情景交融》，台北：大安出版社，1986 年版。

69. 王國瓔著：《中國山水詩研究》，台北：聯經出版社，1986 年版。

70. 伍蠡甫主編：《山水與美學》，台北：丹青圖書，1987 年版。

（三）

1. 漢·司馬遷著，瀧川龜太郎注：《史記會注考證》，台北：漢京文化公司，1983 年版。

2. 晉·皇甫謐著：《高士傳》，《叢書集成》，第 717 冊。

3. 劉宋，範曄著：《後漢書》，台北：鼎文出版社，1975 年版。

4. 唐·房玄齡著《晉書》，台北：鼎文出版社，1975 年版。。

5. 唐·薛用弱著：《集異記》，《叢書集成》，王雲五主編，上海：商務印書館，1936 年版，第 594 冊。

6. 唐·張彥遠著：《歷代名畫記》，《叢書集成》，第 374 冊。

7. 唐·封演著：《封氏見聞記》，《學津討原》，第 1 冊，清·張海鵬輯，台北：新文豐出版社，1980 年版。

8. 唐·朱景玄著：《唐朝名畫錄》，《美術叢書》，黃賓虹等編，第 2 冊，

第 2 集，台北：藝文出版社，1968 年版。

9. 後晉・劉昫著：《舊唐書》，同上。

10. 宋・歐陽修，宋祈等著：《新唐書》，台北：鼎文出版社，1975 年版。。

11. 宋・李昉等著：《太平廣記》，台北：明倫出版社，1974 年版。

12. 宋・不著撰人：《宣和畫譜》，《學津討原》，第 16 冊。

13. 明・董其昌著：《畫禪室隨筆》，台北：廣文書局，1977 年版。

14. 丁福保《佛學大辭典》（1922 年初版），台北：榮明書局，1960 年版。

15. 黃懺華著：《中國佛詩史》，北縣：普門精舍，1960 年版。

16. 杜松柏著：《禪學與唐宋詩學》，台北：黎明出版社，1976 年版。

17. 褚柏思：《禪宗學與禪宗》，台北：獅子吼雜誌社，1976 年版。

18. 林書堯著，《色彩認識論》，作者自行出版，1980 年版。

19. 餘迺永校著：《互註校正宋本廣韻》，台北：聯貫出版社，1980 年版。

20. 藝術家編委員編：《美術大辭典》，台北：藝術家圖書公司，1981 年版。

21. 劉月華著：《實用現代漢語語法》（1983 年初版），北京：商務印書館，2001 年版。

22. 湯用彤著：《隋唐佛教史稿》，台北：木鐸出版社，1983 年版。

23. 程希嵐著：《修辭學新編》，長春：吉林人民出版社，1984 年版。

24. 陳榮波著：《禪海之筏》，台北：志文出版社，1984 年版。

25. 宋振華著：《現代漢語修辭學》，長春：吉林人民出版社，1984 年版。

26. 孫昌武著：《唐代文學與佛教》，北縣：穀風出版社，1987 年版。

（四）

1. 程會昌：〈王摩詰「送綦母潛落弟還鄉」詩跋〉，《國文月刊》，第 60 期，1946 年 10 月）。

2. 蕭望卿：〈王維的畫與詩〉，《民主評論》，第 5 卷，第 17 期，1954 年。

3. 陳貽焮：〈論王維的詩〉，《文學遺產增刊》，第 3 輯，1956 年 8 月，後收於中國語文學社編：《唐詩研究論文集》，第 2 集，上冊，《王維詩研究專集》，香港：中文語文學社，1969 年版。

4. 陳貽焮：〈王維的政治生活和他的思想〉，《文學遺產選輯》，第 2 輯，北平：作家出版社，1957 年版，後收於《王維詩研究專集》。

5. 鄧魁英：〈王維詩簡論〉，原載《語文學習》，1957 年，第 8 期，後收

於人民文學出版社編：《唐詩研究論文集》，北京：人民文學出版社，1959 年版。

6. 汪伯琴：〈南宗山水畫祖——王維〉，《大陸雜誌》，第 16 卷，第 5、6 期，1958 年 3、4 月）。

7. 陳貽焮：〈王維生平事蹟初探〉，《文學遺產增刊》，第 6 輯，1958 年 5 月，後收於《王維詩研究專集》。

8. 虞君質：〈王維藝術的音樂性〉，《大學生活》，第 4 卷，第 2、3 期，1958 年 6、7 月）。

9. 〈王維及其輞川詩〉，冷彬著，（人生，第十八卷，第八期，民國 48 年 9 月）。

10. 王韶生：〈王維詩研究〉，《文學世界》，第 25 期，1960 年 3 月。

11. 蕭滌非：〈關於王維的山水詩〉，《文史哲》，1961 年，第 1 期，後收於《王維研究專集》。

12. 方永耀：〈讀「關於王維的山水讀」〉，《文史哲》，1962 年，第 1 期，後收於《王維研究專集》。

13. 風人：〈詩禪王摩詰〉，《暢流》，第 24 卷，第 11 期，1662 年。

14. 張志岳：〈詩中有畫——試論王維詩的藝術特點〉，《文學遺產增刊》，第 13 輯，1963 年 9 月，後收於《王維詩研究專集》。

15. 盧懷萱：〈王維的隱居與出仕〉，同上。

16. 金丁：〈王維丁憂時間質疑〉，同上。

17. 韓維鈞：〈王維現存詩歌質疑〉，同上。

18. 方祖燊：〈南宗畫祖——王維〉，《文風》，第 5 期，1964 年 6 月）。

19. 伯俞：〈南宗山水畫之祖——王維〉，《暢流》，第 33 卷，第 9 期，1966 年 6 月。

20. 周子蒔：〈詩中有畫，畫中有詩的王摩詰〉，《古今談》，第 18 期，民國 55 年 8 月。

21. 謝愛之：〈王維的人生觀〉，《幼獅》，第 26 卷，第 2 期，1967 年 8 月。

22. 劉程遠：〈水墨山水的鼻祖——王維〉，《建設》，第 16 卷，第 9 期，1968 年 2 月。

23. 淩子鎏：〈唐詩選本王維詩採選統計〉，《珠海學報》，第 5 期，1972 年 1 月。

24. 黃守誠：〈王維與柳〉，《花蓮師專學報》，第 4 期，1972 年 1 月。

25. 陳應龍：〈王摩詰的無邊之詩有聲之畫〉，《藝文誌》，第 87 期，1972 年 12 月。

26. 盧桂霞：〈王維詩中的佛家思想〉，《古今談》，第 100 期，1973 年 8 月。

27. 楊胤宗：〈王維詩之研究〉，《暢流》，第 52 卷，第 6 期，1975 年 11 月。

28. 李正治：〈山河大地在詩佛 —— 王維詩的特色與成就〉，《鵝湖》，第 1 卷，第 6 期，1975 年 12 月。

29. 張春榮：〈談王維的「辛夷塢」〉，《鵝湖》，第 1 卷，第 8 期，1976 年 2 月。

30. 柯慶明：〈試論王維詩中的世界〉，《中外文學》，第 6 卷，第 1 至 3 期，1977 年 6 至 8 月。

31. 何寄澎：〈大漠孤煙直，長河落日圓 —— 試論王維的內心世界〉，《幼獅文藝》，第 46 卷，第 5 期，1977 年 11 月。

32. 黃敬欽：〈王維的空靈與馬致遠的空無〉，《幼獅文藝》，第 47 卷，第 2 期，1978 年。

33. 杜松柏：〈唐宋詩中的禪趣〉，第一屆韓文學會議論文，刊於 1979 年 7 月 24 至 27 日《新生報》副刊；亦載於《海潮音》，第 60 卷，第 8 期，1979 年 8 月，後收錄於《禪與詩》，附錄，台北：弘道文化公司，1980 年版。

34. 陸潤棠：〈從電影手法角度分析王維的自然詩〉，鄭樹森等編：《中西比較文學論集》，台北：時報文化出版社，1980 年版。

35. 羅宗濤：〈詩中有畫 —— 王維詩中的色與光〉，《藝壇》，第 195 期，1984 年 6 月。

36. 王邦雄：〈禪宗理趣與道家意境 —— 陶淵明與王維田園詩境的比較〉，《鵝湖月刊》，第 10 卷，1984 年 7 月。

37. 王熙元：〈王維詩中的禪趣〉，《古典文學散論》，台北：學生書局，1987 年版。

38. 劉師培：〈正名隅論〉，《劉申叔遺書》，第 46 冊，《左盦外集》，第 6 卷，寧武南氏鉛印本，1936 年版。

39. 郭紹虞著：〈譬喻與修辭〉，《國文月刊》，第 60 期，1946 年 3 月。

40. 曾永義：〈影響詩詞曲的節奏要素〉，《中外文學》，第 4 卷，第 8 期，1976 年 1 月。

41. 邱燮友：〈唐詩中的禪趣〉，中國古典文學研究會主編：《古典文學》，第 2 集，台北：學生書局，1980 年版。

42. 周策縱著：〈詩詞的「當下」美 —— 論中國詩歌的抒情主流和自然境界〉，《古典文學》，第 7 集，台北：學生書局，1980 年版。

43. 謝世涯，〈論詩詞的對比手法〉，同上。

44. 錢鐘書著，〈中國詩與中國畫〉，《文學研究叢編》，第一輯，台北：木鐸出版社，1981 年版。

45. 鄭樹森：〈「具體性」與唐詩〉，《文學理論與比較文學》，附錄，台北：時報文化出版社，1982 年版。

46. 高友工著，方蕪譯：〈中國敘述傳統中的抒情境界〉，《國外學者看中國文學》，台北：中央文物供應社，1982 年版。

47. 徐炳昌：〈暗喻種種〉，《修辭學研究》，安徽出版社，1983 年版。

48. 黃永武：〈詩的色彩設計〉，《詩與美》，台北：洪範書店，1984 年版。

49. Matthew Y. Chen, Unfolding Latent Principles Of Literary Taste: Poetry As A Window Onto Language，《清華學報》，第 16 卷，第 1、2 期合刊，1984 年 12 月，第 230 頁。

50. 德邦：〈有關漢詩面貌及結構的幾點觀察〉，《中國古典文學論叢》，第 1 冊，詩歌之部，台北：中外文學月刊社，1985 年版。

51. 李漢偉：〈古木無人逕，深山何處鐘——淺說唐代自然詩中的空靈〉，《文藝月刊》，第 215 期，1987 年 5 月。

52. 李漢偉：〈唐代自然詩之表現技巧探究〉，《台南師專學報》，第 20 期下冊，1987 年。

（五）

1. 徐賢德著：《王維詩研究》，文化學院碩士論文，1973 年。

2. 陳一亞著：《王維研究》，珠海學院碩士論文，1974 年。

3. 李許群著：《論王孟詩風》，李許群著，珠海學院碩士論文，1976 年。

4. 林桂香：《詩佛王維之研究》，政治大學碩士論文，1982 年版。

5. 金億洙著：《王維研究——宗教，藝術與自然之融合》，文化大學博士論文，1985 年。

6. 劉翔著：《唐人隱逸風氣及其影響》，台灣大學碩士論文，1978 年。

7. 黎金綱：《唐代詩歌與佛家思想》，師範大學博士論文，1980。

8. 李思霈著：《清代詩話論王維》，國立中山大學碩士論文，1985 年。

9. 謝淑容著：《明代詩話論王維》，國立中山大學碩士論文，2004 年。

10. 陳振盛著：《王維的禪意世界》，中國文化大學博士論文，2004 年。

11. 吳啓禎著：《王維詩之意象研究》，中國文化大學博士論文，2005 年。

12. 蘇心一著：《王維山水詩畫美學研究》，中國文化大學碩士論文，2006 年。